T0032398
Biblioteca Agatha Christie

Agatha Christie

Y no quedó ninguno

Traducción: Orestes Llorens

Obra editada en colaboración con Editorial Planeta – España

Título original: *And There Were None*

Diseño de portada: Planeta Arte & Diseño
Ilustraciones de portada: © Ed

Agatha Christie®

Traducción: Orestes Llorens (Editorial Molino)

Bajo el sello editorial BOOKET M.R.
Avenida Presidente Masarik núm. 111,
Piso 2, Polanco V Sección, Miguel Hidalgo
C.P. 11560, Ciudad de México
www.planetadelibros.com.mx

Primera edición impresa en España en Booket: julio de 2022
ISBN: 978-84-670-6662-3

Primera edición impresa en México en Booket: mayo de 2023
ISBN: 978-607-39-0096-6

Impreso en los talleres de Litográfica Ingramex, S.A. de C.V.
Centeno núm. 162-1, colonia Granjas Esmeralda, Ciudad de México
Impreso en México – *Printed in Mexico*

Biografía

Agatha Christie es conocida en todo el mundo como la Dama del Crimen. Es la autora más publicada de todos los tiempos, tan solo superada por la Biblia y Shakespeare. Sus libros han vendido más de un billón de copias en inglés y otro billón largo en otros idiomas. Escribió un total de ochenta novelas de misterio y colecciones de relatos breves, diecinueve obras de teatro y seis novelas escritas con el pseudónimo de Mary Westmacott.
Probó suerte con la pluma mientras trabajaba en un hospital durante la Primera Guerra Mundial, y debutó con *El misterioso caso de Styles* en 1920, cuyo protagonista es el legendario detective Hércules Poirot, que luego aparecería en treinta y tres libros más. Alcanzó la fama con *El asesinato de Roger Ackroyd* en 1926, y creó a la ingeniosa Miss Marple en *Muerte en la vicaría*, publicado por primera vez en 1930.
Se casó dos veces, una con Archibald Christie, de quien adoptó el apellido con el que es conocida mundialmente como la genial escritora de novelas y cuentos policiales y detectivescos, y luego con el arqueólogo Max Mallowan, al que acompañó en varias expediciones a lugares exóticos del mundo que luego usó como escenarios en sus novelas. En 1961 fue nombrada miembro de la Real Sociedad de Literatura y en 1971 recibió el título de Dama de la Orden del Imperio Británico, un título nobiliario que en aquellos días se concedía con poca frecuencia. Murió en 1976 a la edad de ochenta y cinco años.
Sus misterios encantan a lectores de todas las edades, pues son lo suficientemente simples como para que los más jóvenes los entiendan y disfruten pero a la vez muestran una complejidad que las mentes adultas no consiguen descifrar hasta el final.

www.agathachristie.com

Nota a la edición

Y no quedó ninguno es el nuevo título de la novela mundialmente conocida como *Diez negritos*. La traducción ha sido revisada siguiendo las últimas actualizaciones de la versión original, si bien la trama en sí misma no ha sufrido ningún cambio. En Estados Unidos, la novela fue publicada con el título *And Then There Were None* desde su lanzamiento y a propuesta de la propia autora; en Reino Unido, este título se ha utilizado desde 1985. Editorial Booket ha introducido estos cambios editoriales a petición de Agatha Christie Limited con el fin de alinearse con las ediciones inglesa y norteamericana y con el resto de las traducciones internacionales.

A Carlo y Mary
Este libro es suyo,
se lo dedico con mucho afecto

Nota de la autora

Había escrito *Y no quedó ninguno* porque era tan difícil de realizar que la idea me fascinaba. Diez personas tenían que morir sin caer en lo ridículo y sin que se dedujera con facilidad quién era el asesino. Escribí el libro después de una planificación concienzuda y el resultado me gustó. Era claro, directo y de solución nada sencilla, aunque la explicación fuera perfectamente razonable, tal como se aclaraba en el epílogo. La novela gustó y tuvo buena crítica, aunque quien se quedó encantada fui yo misma, pues sabía mejor que ningún crítico lo que me había costado escribirla.

Agatha Christie

Capítulo primero

I

En su asiento del vagón de primera clase para fumadores, el juez Wargrave, retirado hacía poco de los tribunales, mordisqueaba su cigarro mientras leía con interés la sección política de *The Times*.

Dejó el periódico y miró por la ventanilla. En ese momento el tren atravesaba el condado de Somerset. Consultó su reloj: todavía quedaban dos horas de viaje.

Recordó entonces los artículos publicados en la prensa sobre la isla del Soldado. Versaban sobre un millonario norteamericano, loco por los yates, que había comprado esa pequeña isla frente a la costa de Devon y construido en ella una lujosa y moderna residencia. Por desgracia, la flamante tercera esposa del rico norteamericano no tenía aficiones marineras y, por ello, la isla, con su mansión, se había puesto a la venta. Se publicaron varios anuncios en los periódicos, y un buen día se supo que un tal señor Owen había adquirido la isla. Enseguida los cronistas de sociedad comenzaron a difundir rumores. En realidad, la señorita Gabrielle Turl, la famosa estrella de Hollywood, había comprado la isla del Soldado para descansar algunos meses alejada del público. *Busy Bee* insinuó con delicadeza que iba a ser la morada de la familia real. El señor *Merryweather* sabía de buena fuente que la habían comprado para disfrutar de una luna de miel. ¡Por fin, el joven lord L... se había rendido ante Cupido! *Jonas* afirmaba que la isla del Soldado la había adquirido el Almirantazgo británico para dedicarla a experimentos altamente secretos.

En resumen, la isla del Soldado era noticia.

El juez se sacó del bolsillo una carta. La letra era prácticamente ilegible, aunque algunas palabras destacaban con inesperada claridad.

> *Mi querido Lawrence: después de tantos años sin tener noticias tuyas... Tienes que venir a la isla del Soldado, un sitio verdaderamente encantador... tantas cosas para contarnos... de tiempos pasados... en comunión con la naturaleza... tostarse al sol... a las 12.40 en Paddington... esperarte en Oakbridge... [y su corresponsal firmaba con mucha floritura:]*
>
> *Siempre tuya,*
>
> *Constance Culmington*

El juez Wargrave intentó recordar la fecha exacta de su último encuentro con lady Constance Culmington, unos siete, no, ocho años atrás. La dama se marchaba a Italia para tostarse al sol, establecer contacto con la naturaleza y con los campesinos. Más tarde oyó contar que se había trasladado a Siria con la intención de tostarse bajo un sol aún más ardiente y establecer contacto con la naturaleza y con los beduinos.

«Constance Culmington es una mujer capaz de comprarse una isla y rodearse de misterio», se dijo el magistrado. Aprobó satisfecho la lógica de su argumentación y, tras reclinar la cabeza, se dejó mecer por el movimiento del tren... hasta quedarse dormido.

II

Vera Claythorne, sentada en un vagón de tercera en compañía de cinco pasajeros, cerró los ojos con la cabeza recostada hacia atrás. ¡Qué calor más sofocante hacía dentro de aquel compartimento! ¡Qué bien se estaría a orillas del mar! Había tenido mucha suerte al conseguir aquel trabajo. Si se buscaba una ocupación para los meses de vacaciones, lo más habitual era encontrar un empleo de niñera. En cambio, las plazas de secretaria, en época estival, se ofertaban muy de tarde en tarde. Ni siquiera en la agencia de colocación le habían dado la más mínima esperanza.

Pero entonces llegó la carta.

La agencia de empleo Skilled Women, tras alabar sus méritos, me ha propuesto su nombre. Aseguran conocerla personalmente. Estoy dispuesta a pagarle los honorarios que usted solicita y cuento con que podrá incorporarse al puesto el 8 de agosto. Tome el tren de las 12.40 en Paddington dirección Oakbridge, donde alguien la esperará en la estación. Le adjunto cinco billetes de una libra para sus gastos de viaje.

Sinceramente suya,

Una Nancy Owen

En el membrete se consignaba la dirección del remitente: «Isla del Soldado, Sticklehaven (Devon)».

¡La isla del Soldado! ¡En la prensa no se hablaba de otra cosa! Todo tipo de habladurías y rumores interesantes, aunque, sin duda, la mayoría eran falsos. De todas formas, un millonario norteamericano había construido la casa y, al parecer, era realmente lujosa.

Vera Claythorne estaba agotada tras el último trimestre de clases.

«Ser maestra de párvulos en una escuela de segunda no es gran cosa... Si por lo menos pudiera encontrar empleo en una escuela decente —se dijo—. Aunque tendría que sentirme satisfecha —pensó con el corazón encogido—, en general, a nadie le gusta la gente con antecedentes penales, si bien es verdad que el juez de instrucción me absolvió de todos los cargos.»

Incluso la había felicitado por su entereza y serenidad, recordó. La investigación le fue muy favorable. También la señora Hamilton le manifestó su gran afecto. Solo Hugo..., pero ella no tenía que pensar en Hugo.

De repente, a pesar del calor sofocante del compartimento, se estremeció y deseó no tener que dirigirse hacia el mar. En su mente se dibujaba un cuadro con gran nitidez: veía la cabeza de Cyril subir y bajar de la superficie del agua y dirigirse hacia las rocas. Aparecía y se sumergía mientras ella, una experta nadadora, iba tras él, avanzando entre las olas, demasiado consciente de que no llegaría a tiempo...

El mar, con su cálido color azul oscuro, las mañanas que pasaron tendidos sobre la arena. Hugo... Hugo, que le había dicho que la amaba...

No debía pensar más en él.

Abrió los ojos y miró desabridamente al pasajero sentado frente a ella, un hombretón de rostro bronceado, ojos claros y boca de expresión arrogante, casi cruel.

«Apostaría a que este hombre ha recorrido el mundo y ha visto cosas interesantes», pensó.

III

Philip Lombard juzgó con un simple vistazo a la joven sentada frente a él.

«Muy atractiva —se dijo—. Quizá con demasiado aspecto de institutriz.»

Una chica lista, dedujo, y muy capaz de defenderse, tanto en el amor como en la guerra. No estaría mal cortejarla.

Frunció el ceño. No. Tenía que dejarse de tonterías. Los negocios ante todo. Era preciso que mantuviera la mente concentrada en el trabajo.

Pero ¿de qué tipo de trabajo se trataba? El pequeño judío se había mostrado demasiado misterioso.

—¿Lo toma o lo deja, capitán Lombard?

—Cien guineas, ¿eh? —había contestado él pensativo.

Le había respondido con indiferencia, como si cien guineas carecieran de valor para él. ¡Cien guineas, ahora que estaba sin blanca! Sin embargo, adivinó que el pequeño judío no era un iluso; el problema con los judíos era precisamente que no se los podía engañar en cuestiones económicas. Parecían leer los pensamientos.

—¿No puede facilitarme más información? —le había preguntado con la misma indiferencia.

El señor Isaac Morris había sacudido con energía su cabecilla calva.

—No, capitán Lombard, lo lamento. Mi cliente sabe que usted tiene fama de salir de cualquier situación comprometida. Estoy autorizado a entregarle cien guineas y, a cambio, deberá ir a Sticklehaven, en Devon. La estación más próxima es Oakbridge; desde allí lo llevarán en automóvil hasta Sticklehaven, donde una embarcación lo transportará a la isla del Soldado. Al llegar, se pondrá inmediatamente a disposición de mi cliente.

—¿Por mucho tiempo? —le preguntó con brusquedad.

—Como mucho, una semana.

—Queda bien entendido que no haré nada... ilegal —comentó el capitán Lombard mientras se atusaba el bigote.

Al pronunciar esas palabras, Lombard lanzó una rápida mirada a su interlocutor. Una leve sonrisa afloró en los labios del señor Morris cuando este respondió con voz grave:

—Si se le pidiera que hiciera algo ilegal, tendría plena libertad para negarse.

¡Al cuerno con ese judío meloso! ¡Había sonreído! Como si supiera que en el pasado de Lombard la legalidad no había sido siempre una condición esencial.

Los labios de Lombard se entreabrieron en una sonrisa.

¡Por Júpiter! ¡Era cierto que en una o dos ocasiones había rozado la frontera de la legalidad, pero nunca lo habían atrapado! En realidad no se detenía ante nada...

No, no tenía reparos. Presentía que en la isla del Soldado iba a pasarlo bien.

IV

En el vagón de no fumadores, la señorita Emily Brent permanecía sentada muy erguida, según su costumbre. Tenía sesenta y cinco años y no toleraba ningún descuido. Su padre, coronel de la antigua escuela, siempre había sido muy exigente en cuanto al porte.

La generación actual era desvergonzadamente negligente en cuanto a las normas de conducta y en todo lo demás.

En aquel vagón de tercera clase, abarrotado de viajeros, la señorita Brent, envuelta en una aureola de pundonor y principios irrenunciables, pugnaba contra la incomodidad y el calor. ¡En esos tiempos, la gente exageraba hasta lo indecible cualquier nimiedad! Todos querían que los anestesiaran antes de dejarse arrancar una muela; tomaban somníferos si no podían dormir; exigían tumbonas y almohadones; las jóvenes descuidaban la silueta y exhibían sus cuerpos medio desnudos en las playas en verano.

La señorita Brent apretó los labios. Habría querido dar un escarmiento a algunas personas para que les sirviera de ejemplo.

Recordó las pasadas vacaciones. Este año sería diferente. La isla del Soldado... Mentalmente, releyó la carta que tantas veces había leído.

Querida señorita Brent:

Espero que se acuerde de mí. Hace algunos años pasamos juntas el mes de agosto en la pensión Bellhaven. ¡Y parecía que teníamos tantos gustos afines...!

En breve inauguraré mi propia pensión en una isla próxi-

ma a la costa de Devon. Creo que un lugar que ofrezca comida casera, regentado por una persona agradable y chapada a la antigua, puede tener mucho éxito. ¡Nada de andar con poca ropa ni de música alta a medianoche! Estaría encantada si pudiera venir a pasar las vacaciones de verano en la isla del Soldado, gratis, en calidad de invitada. ¿Le iría bien a principios de agosto? ¿Qué tal el día 8?

Sinceramente suya,

U.N.O.

¿Qué nombre era aquel? Resultaba difícil descifrar aquella firma. Impaciente, Emily Brent pensó: «Mucha gente tiene una firma indescifrable».

Intentó recordar a los huéspedes de Bellhaven, donde había pasado dos veranos seguidos. Había una encantadora mujer de mediana edad que se llamaba..., ¿cómo se llamaba? Señorita... Veamos, era hija de un canónigo, y después también se hospedaba una tal señora Olton... Ormen... No. Decididamente se llamaba Oliver. Sí, Oliver.

¡La isla del Soldado! Su nombre había aparecido con frecuencia en la prensa, donde se hacía referencia a una actriz de cine, ¿o se trataba de un millonario norteamericano?

Claro que una isla no solía ser muy cara, ya que no a todo el mundo le gustaban las islas. La idea de adquirir una les parecía muy romántica, hasta que, una vez instalados en ella, se daban cuenta de sus múltiples desventajas y estaban ansiosos por venderla.

«Sea como fuere, este año mis vacaciones no me costarán nada», pensó Emily Brent.

Como sus ingresos empezaban a escasear y debía

bastantes dividendos, aquella invitación no podía rechazarse de buenas a primeras. Si al menos fuera capaz de recordar a la señora Oliver..., ¿o era la señorita Oliver?

V

El general Macarthur se asomó a la ventanilla de su compartimento. Estaban llegando a Exeter, donde haría transbordo. ¡Maldita sea! ¡Qué lentos eran esos trenes de líneas secundarias! ¡Y pensar que la isla del Soldado estaba tan cerca!

No tenía muy claro quién podría ser el tal Owen. Al parecer, era amigo de Spoof Leggard y de Johnny Dyer.

—Vendrán uno o dos de sus antiguos camarada, que estarán encantados de charlar con usted de los viejos tiempos.

Por supuesto que le gustaría charlar del pasado. Últimamente tenía la impresión de que sus amigos lo eludían. ¡Y todo a causa de ese condenado rumor! ¡Dios, resultaba tan duro! ¡Habían pasado más de treinta años! Armitage debía de haber hablado. ¡Maldito jovenzuelo! ¿Qué sabía aquel charlatán? ¡Oh, bueno!, y ¿por qué preocuparse ahora por todo aquello? Tenía demasiada imaginación; incluso había llegado a creer que los demás lo miraban de reojo.

Ardía en deseos de visitar aquella isla del Soldado que tanto espacio había ocupado en la prensa. Hasta puede que fuera cierto el rumor de que el Almirantazgo, la Oficina de Guerra o la fuerza aérea se habían adueñado del islote.

El joven Elmer Robson, el millonario norteamericano,

había edificado en la isla. Y, a buen seguro, se habría gastado unos cuantos miles de libras esterlinas. Podía permitirse cualquier tipo de lujo.

¡Exeter! ¡Una hora de parada! Ya estaba harto de esperar. Lo único que deseaba era continuar.

VI

El doctor Armstrong conducía su Morris a través de la llanura de Salisbury. Estaba exhausto. Sin duda alguna, el éxito tiene un precio. Hubo un tiempo en que se pasaba el día sentado en su consultorio de la afamada Harley Street, correctamente ataviado, rodeado de los aparatos más modernos y los muebles más lujosos, mientras aguardaba en esos largos días de ocio absoluto el éxito o el fracaso de todos sus esfuerzos.

¡Pero ya había triunfado! ¡La suerte le había sonreído! La suerte, secundada por su saber, obviamente. Conocía su oficio a la perfección..., aunque eso no siempre bastara para triunfar. Había que contar también con la suerte. ¡Y la tuvo! Un diagnóstico acertado a dos damas de la alta sociedad, y la noticia corrió de boca en boca.

—Debéis probar con el doctor Armstrong, es bastante joven, pero muy inteligente. Pam había visitado durante años a toda clase de médicos, ¡y él descubrió su problema a la primera!

Así fue cómo empezó a rodar la bola de nieve.

En la actualidad, el doctor Armstrong estaba en la cumbre. Tenía todos los días ocupados. No disponía de un minuto para sí. Por ese motivo, esa mañana de agosto disfrutaba al dejar Londres para pasar algunos días en una isla situada frente a la costa de Devon.

No se trataba exactamente de unas vacaciones. La carta que había recibido estaba redactada en términos muy vagos, pero el cheque que la acompañaba no tenía nada de vago. ¡Unos honorarios fabulosos! Los Owen debían de nadar en la abundancia. Al parecer, al marido le preocupaba la salud de su esposa y quería que le hiciera un reconocimiento sin alarmarla. Ella se negaba en redondo a que la visitara un médico. Los nervios...

¡Los nervios! El médico arqueó las cejas. ¡Las mujeres y los nervios! Pero, al fin y al cabo, eso era bueno para su negocio. La mitad de las mujeres que lo consultaban no sufrían más enfermedad que el aburrimiento. Pero no le agradecerían que fuera sincero con ellas. Y siempre se podría achacar a otras causas.

«Un ligero trastorno debido a... (aquí una palabra científica larga y complicada). Nada importante, pero es preciso ponerle remedio. Un tratamiento muy sencillo.»

Por lo general, en medicina la fe tenía poderes curativos. Y él se daba buena maña; inspiraba confianza en sus pacientes.

Por fortuna, consiguió salir adelante después de aquel asunto de hacía diez, no, quince años. ¡Se había salvado por los pelos! Estaba autodestruyéndose. La desgracia lo hizo reaccionar. Dejó de beber. Por Júpiter, que estuvo en un tris de...

Con un estridente toque de claxon, un Super Sports Dalmain lo adelantó a una velocidad de ciento treinta kilómetros por hora. El doctor Armstrong estuvo a punto de acabar en la cuneta. Sin duda, se trataba de uno de esos jóvenes chiflados que se creían dueños de la carretera. No los soportaba. Había estado a punto de provocar un accidente. Maldito idiota...

VII

Anthony Marston pasó como una exhalación por el pueblecito de Mere.

«Es espantoso el número de coches que congestionan las carreteras. Siempre hay alguno que te bloquea el paso. ¡Y circulan por el centro de la calzada! Es desesperante conducir en Inglaterra. No como en Francia, donde sí que se puede correr», se dijo.

¿Sería mejor detenerse y tomarse una copa, o proseguir el viaje? Iba bien de tiempo y solo le faltaba otro centenar de kilómetros para llegar a su destino. Pediría una ginebra y una cerveza de jengibre. ¡Qué calor tan sofocante!

Si persistía el buen tiempo, sin duda se divertiría en aquella isla. Se preguntaba quiénes eran los Owen. Quizá, unos nuevos ricos. Badger tenía un olfato especial para relacionarse con gente de esa calaña. Claro que el pobre no tenía más alternativa, porque no tenía un duro...

¡Con tal de que tuvieran una bodega bien surtida! Nunca se sabía con esos ricos de reciente adquisición, que no habían nacido con dinero. Lástima que la historia de que Gabrielle Turl había comprado la isla no fuera cierta. ¡Le habría gustado codearse con los amigos de la actriz!

Aunque quizá hubiera algunas jóvenes en la isla del Soldado.

Salió del hotel, estiró las piernas y los brazos, bostezó, contempló el cielo azul y subió de nuevo a su Dalmain.

Algunas chicas repararon en él. Su metro ochenta de estatura, sus cabellos rizados, su tez bronceada y sus ojos de un azul intenso suscitaban admiración.

Soltó el embrague y, con un rugido del motor, el auto trepó de un brinco por la estrecha calleja. Unos cuantos ancianos y chicos de los recados se apartaron a su paso por precaución. Estos últimos contemplaron el vehículo fascinados.

Anthony Marston prosiguió su marcha triunfal.

VIII

El señor Blore viajaba en el lento tren procedente de Plymouth. En su compartimento solo se encontraba otra persona: un viejo marino de ojos vidriosos que en aquellos momentos se hallaba completamente dormido.

El señor Blore se dedicaba a escribir con esmero en una libreta pequeña.

—La lista está completa —murmuró en voz baja—: Emily Brent, Vera Claythorne, el doctor Armstrong, Anthony Marston, el juez Wargrave, Philip Lombard, el general Macarthur (Miembro de la Orden de San Miguel y San Jorge) y los criados: el señor Rogers y su esposa.

Cerró el cuaderno, lo guardó en el bolsillo y echó una mirada a su compañero de viaje.

«Se ha tomado una copa de más», diagnosticó con acierto.

Repasó mentalmente y con sumo detenimiento cada uno de los puntos.

«El trabajo carece de complicaciones —pensó—. No veo en qué puedo equivocarme. Confío en que mi aspecto no defraude.»

Se levantó, se acercó al espejo del compartimento y se observó con cierto nerviosismo. El rostro poco expresivo tenía un aire militar. Llevaba bigote y tenía los ojos grises demasiado juntos.

«Podría pasar por un comandante —observó el señor Blore—. ¡Ah, no! ¡Me olvidaba del viejo general! No tardaría en desenmascararme. ¡Sudáfrica...! —siguió con su monólogo interior—. ¡Esa es mi coartada! Ninguna de esas personas ha estado en Sudáfrica y, como acabo de leer estos folletos de viaje, podré hablar del país con conocimiento de causa.»

Afortunadamente, en las colonias podían hallarse todo tipo de personas. Si se presentaba como un hombre acaudalado de Sudáfrica, el señor Blore presentía que sería aceptado en la alta sociedad de cualquier país.

La isla del Soldado. Recordaba haber estado allí en su infancia. Un peñasco nauseabundo, frecuentado por las gaviotas, a una milla de la costa.

¡Curiosa idea la de construir allí una mansión! Cuando hacía mal tiempo era un lugar horrible. ¡Pero los millonarios eran tan caprichosos!

Su compañero de viaje se despertó.

—En el mar no puede preverse nada —dijo el viejo.

—Exacto. Nunca se sabe qué nos espera —replicó el señor Blore conciliador.

—Se acerca una tormenta —prosiguió el anciano con una voz lastimera interrumpida por el hipo.

—No, no, amigo —respondió el señor Blore—. Hace un tiempo espléndido.

—Le digo que se avecina tormenta. —El viejo se enfadó—. La huelo.

—Quizá tenga razón —dijo el señor Blore con un ademán apaciguador.

El tren se detuvo en la estación y el anciano se levantó tambaleándose.

—Yo me bajo aquí.

Sacudió la manija de la puerta del compartimento. El señor Blore acudió en su ayuda.

El hombre se demoró en el estribo. Alzó una mano con gesto solemne y entornó sus ojos legañosos.

—¡Velad y orad! —exclamó—. ¡Velad y orad! ¡El día del Juicio Final se acerca!

Tropezó y se cayó en el andén. Desde el suelo, miró al señor Blore.

—Le hablo a usted, joven —le dijo muy digno—. El día del Juicio Final se acerca.

Hundido en su asiento, el señor Blore pensó: «Ese está más cerca que yo del día del Juicio Final».

No obstante, la apreciación del señor Blore era del todo incorrecta.

Capítulo 2

I

Delante de la estación de Oakbridge, un grupo de personas aguardaba sin saber muy bien qué hacer. Tras ellos estaban los mozos de cuerda con los equipajes.

—¡Jim! —gritó uno de ellos.

Un taxista se adelantó unos pasos.

—¿Van ustedes a la isla del Soldado? —preguntó con acento de Devon.

Cuatro voces respondieron afirmativamente y, acto seguido, los viajeros se miraron de reojo.

El chófer se dirigió al juez Wargrave, por ser el más anciano del grupo.

—Tenemos dos taxis. Uno de ellos debe esperar a un señor que llega de Exeter en otro tren, dentro de cinco minutos. Quizá a alguno de ustedes no le importe esperar. Así irá más cómodo.

Vera Claythorne, en su papel de secretaria, se apresuró a contestar:

—Si no les importa, seré yo quien espere.

Observó a los otros tres pasajeros. Tanto su mirada como su tono de voz, ligeramente autoritario, dejaban entrever la clase de trabajo que realizaba. Empleaba el mismo tono que si diera órdenes a sus alumnas en un partido de tenis.

La señorita Brent contestó con un escueto «Gracias», agachó la cabeza y se aposentó en uno de los taxis, cuya portezuela había abierto el chófer. El juez la siguió.

—Yo esperaré con la señorita... —se interrumpió el capitán Lombard.

—Claythorne —añadió Vera.

—Me llamo Lombard, Philip Lombard.

Los mozos apilaron las maletas sobre el taxi, y, en el interior, el juez comentó con la debida cautela legal:

—Tenemos un tiempo espléndido.

—En efecto —respondió la señorita Brent.

«Un caballero mayor, pero muy distinguido —pensó—. Muy diferente del tipo de personas que se hospedan en las fondas de la costa. Es evidente que la señora o señorita Oliver conoce a mucha gente de mundo.»

—¿Conoce bien esta parte de Inglaterra? —preguntó el juez Wargrave.

—Conozco Cornualles y Torquay, pero es mi primera visita a Devon.

—Tampoco yo conozco esta región —dijo el juez.

El taxi arrancó.

—¿Quieren ustedes sentarse en el coche mientras esperan? —preguntó el chófer del otro taxi.

—De ninguna manera —respondió Vera con autoridad.

El capitán Lombard sonrió.

—Aquella pared soleada resulta muy atractiva —dijo—, a menos que prefiera entrar en la estación.

—¡Ah, no! Gracias. ¡Resulta tan placentero estar fuera de esos sofocantes vagones!

—Es cierto; viajar en tren con esta temperatura es muy desagradable en esta época del año.

—Esperemos que dure —añadió Vera, por decir algo—. Me refiero al tiempo. ¡Los veranos de Inglaterra son tan traicioneros...!

Philip Lombard formuló una pregunta desprovista de originalidad:

—¿Conoce usted bien esta parte de Inglaterra?

—No, es la primera vez que vengo. —Decidida a poner en claro su situación en casa de los Owen, Vera añadió—: No he visto nunca a mi jefa.

—¿Su jefa?

—Sí, soy la secretaria de la señora Owen.

—Ah, comprendo. —El cambio de actitud fue apenas perceptible. Sin embargo, Lombard habló con más confianza y serenidad al añadir—: ¿No es un tanto insólito?

Vera se echó a reír.

—¡Oh, no! No lo creo. Su secretaria particular se puso enferma, y la señora Owen mandó un telegrama a la agencia para que le consiguieran una sustituta, y me han enviado a mí.

—Así que está aquí por eso. ¿Y si el empleo no le gusta?

De nuevo Vera se echó a reír.

—¡Oh! Esto solo es provisional. Una ocupación para el verano. Tengo un empleo estable en una escuela de niñas. Lo cierto es que ardo en deseos de conocer la isla del Soldado. He leído muchos artículos en la prensa sobre ella. ¿De verdad es tan fascinante?

—No lo sé. No la conozco —respondió Lombard.

—¿De veras? Los Owen parecen entusiasmados con la isla. ¿Cómo son? Hábleme de ellos.

Lombard reflexionó un instante. Aquella conversación empezaba a complicarse. ¿Debía o no dar a entender que no los conocía? Decidió cambiar de tema.

—¡Oh! Tiene una avispa en un brazo. ¡No se mueva, por favor! —Para convencer a la joven, fingió dar caza al insecto—. ¡Ya está!

—Gracias, muchas gracias. Las avispas abundan este verano.

—Sí, supongo que es por el calor. ¿Sabe usted a quién esperamos?

—No tengo la menor idea.

En aquellos instantes oyeron el traqueteo de un tren que se acercaba.

—¡He aquí el tren que aguardábamos! —dijo Lombard.

II

Un hombre alto, con aspecto de militar, apareció a la salida del andén. Sus cabellos grises estaban cortados casi al rape y exhibía un bigotito blanco bien cuidado.

El mozo, que se tambaleaba un poco por el peso de una abultada maleta de cuero, señaló a Vera y a Lombard.

Vera se adelantó con aire competente.

—Soy la secretaria de la señora Owen. Tomaremos ese coche. Le presento al señor Lombard.

Los ojos azules, llenos de vida a pesar de la edad, escrutaron al capitán Lombard. Por un momento, cualquiera interesado en conocer los resultados de su valoración podría haberlo averiguado: «Un tipo apuesto, pero hay algo extraño en él».

Los tres se instalaron en el taxi, que atravesó las calles solitarias del pequeño pueblo de Oakbridge y enfiló la carretera de Plymouth. Después, el coche se adentró en un laberinto de caminos vecinales, llenos de vegetación, empinados y angostos.

—Desconozco esta parte de Devon —dijo el general Macarthur—. Mi pequeña propiedad está situada al este del condado, casi tocando a Dorset.

—Todo esto es muy bonito —comentó Vera—. Las colinas verdes y la tierra roja forman un contraste agradable a la vista.

—Es un poco claustrofóbico —criticó Lombard—. Prefiero el campo abierto, los espacios donde se ve lo que se tiene delante.

—Parece haber viajado mucho —le dijo el general.

Lombard se encogió de hombros con gesto despectivo.

—¡Bah! He dado algunas vueltas, señor.

Y añadió para sí: «Ahora me preguntará si estuve en el frente. Estos tipos siempre preguntan lo mismo».

Sin embargo, el general Macarthur no hizo ninguna alusión a la guerra.

III

Después de subir a una colina escarpada, descendieron hacia Sticklehaven por un camino en zigzag. El pueblo solo tenía algunas casitas, con una o dos barcas varadas en la playa.

Por primera vez contemplaron la isla del Soldado, que surgía del mar, hacia el sur, iluminada por el sol poniente.

—¡Está muy lejos! —exclamó sorprendida Vera.

Se la había imaginado muy diferente, más próxima a la orilla, con una casa blanca, pero allí no se veía mansión alguna. Solo se percibía una enorme silueta rocosa que vagamente parecía a un rostro. Su aspecto le pareció siniestro, y se estremeció.

Delante de la posada Las Siete Estrellas estaban sentados el viejo juez Wargrave, con la espalda encorvada, la señorita Emily Brent, más tiesa que un huso, y una tercera persona, un hombre fornido y con aspecto fanfarrón que se levantó para presentarse a los recién llegados.

—Los hemos esperado para hacer el viaje juntos —les dijo—. Permítanme que me presente. Me llamo Davis y nací en Natal. Sudáfrica es mi país natal, ¡ja, ja, ja!

La carcajada le valió una mirada de enfado por parte del juez Wargrave. Parecía como si este ardiera en deseos de ordenar que despejaran la sala del tribunal. En cuanto a la señorita Emily Brent, era obvio que no tenía muy claro si le gustaban los colonos.

—¿Alguien desea tomar una copita antes de embarcar? —preguntó el señor Davis en tono hospitalario.

Nadie aceptó la invitación.

—En ese caso —decidió levantando un dedo—, no nos demoremos. Nuestros anfitriones deben de estar esperándonos.

Podía observarse un cierto malestar en las caras de

los invitados, a los que sus últimas palabras parecían haber inmovilizado.

En respuesta a la señal de Davis, un hombre se apartó de la pared más próxima donde había estado apoyado y se acercó a ellos. Su balanceo al andar revelaba su condición de marino. Tenía el rostro curtido, los ojos oscuros y una expresión furtiva. Hablaba con acento de Devon.

—Damas y caballeros, si lo desean podemos partir enseguida hacia la isla. La barca está lista. Otras dos personas están de camino en coche, pero el señor Owen me ha ordenado no esperarlas, pues no se sabe a qué hora llegarán.

El grupo siguió al marino hasta un pequeño embarcadero donde estaba amarrada una embarcación de motor.

—¡Qué barca más pequeña! —observó Emily Brent.

—Es un buen bote. La llevaría a Plymouth en un periquete, señora —respondió en tono condescendiente el propietario de la embarcación.

—Somos muchos —señaló el juez Wargrave con brusquedad.

—Puede llevar el doble de pasajeros, señor.

—¡Oh! Todo irá bien —intervino Philip Lombard en tono sereno y amable—. Hace un tiempo espléndido y el mar está en calma.

Sin gran entusiasmo, la señorita Brent se dejó ayudar para subir a la barca. Los demás la siguieron. De momento, no se había establecido ningún vínculo entre los invitados, quienes parecían evaluarse los unos a los otros.

En el instante en que la embarcación se disponía a zarpar, el marino se detuvo con el bichero en la mano.

Por el camino que descendía del pueblo hasta el muelle se aproximaba un automóvil a gran velocidad. Era un vehículo tan potente y de líneas tan perfectas que creyeron presenciar una aparición. Al volante iba un joven con el cabello al viento. A la luz del crepúsculo, no parecía un hombre, sino un joven dios, un héroe procedente de alguna saga nórdica.

Tocó el claxon y un ruido infernal reverberó en las rocas que circundaban la bahía. En ese fantástico instante, Anthony Marston parecía hallarse por encima de los pobres mortales. Después, más de uno de los allí presentes recordaría ese momento.

IV

Fred Narracott, sentado junto al motor, pensaba que aquel grupo de pasajeros era muy peculiar. No se ajustaban a la idea que él tenía de los invitados del señor Owen. Esperaba que tuvieran más clase. Mujeres con bonitos vestidos y caballeros con atuendo marinero, todos ellos ricos e importantes.

No se parecían en nada a las personas que invitaba el señor Elmer Robson. Una leve sonrisa se dibujó en los labios de Fred Narracott al recordar a los invitados del millonario. ¡Menudas fiestas! ¡Y cómo bebían!

El señor Owen debía de ser una persona completamente diferente. Fred se extrañaba de no haberlo visto jamás, ni a su esposa tampoco. Nunca iban al pueblo. El señor Morris era quien hacía y pagaba todos los encargos. Las instrucciones eran siempre claras y concisas, y el pago se efectuaba al contado, lo que no dejaba de ser extraño. La prensa afirmaba que el señor Owen era un personaje misterioso, y Fred Narracott estaba de acuerdo.

¿Quizá, y contra todo pronóstico, la señorita Gabrielle Turl había comprado la isla? Sin embargo, renunció a esa suposición al contemplar a los invitados; ninguno de ellos parecía vivir como una estrella de cine.

Los catalogó con objetividad.

Una solterona de carácter agrio. Él conocía bien a ese tipo de mujeres; una arpía. Al viejo militar se le notaba enseguida la carrera. La joven era hermosa pero vulgar y, desde luego, tampoco parecía una estrella de Hollywood. El tipo fanfarrón carecía de modales, puede que fuera un tendero jubilado. El otro caballero, delgado, casi famélico, de mirada inteligente, era muy extraño. A lo mejor este sí que tenía alguna relación con el mundo del cine.

En resumen, de todo el grupo solo le gustó uno, el último en llegar: el del coche. ¡Jamás se había visto en Sticklehaven un automóvil tan fabuloso! ¡Debía de costar un dineral! El tipo parecía un niño rico. Si los demás hubieran sido como él, lo habría comprendido.

A decir verdad, todo le parecía muy extraño, realmente extraño...

V

La embarcación rodeó la isla, y por fin apareció la casa. El lado sur de la isla del Soldado era diferente del resto; descendía en una suave pendiente hacia el mar. La mansión era baja y cuadrangular, de estilo moderno. Estaba orientada al mediodía y recibía la luz a raudales a través de unas ventanas redondas. Una mansión espléndida que respondía a los sueños de cualquiera.

Fred Narracott apagó el motor y guio la barca hacia una cala pequeña flanqueada por unas rocas.

—Debe de ser muy difícil llegar hasta aquí con mal tiempo —comentó con interés Philip Lombard.

—Cuando sopla el viento del sureste es imposible desembarcar en la isla del Soldado —respondió el marino en tono alegre—. Las comunicaciones quedan cortadas durante una semana o más.

«El aprovisionamiento debe de ser difícil. Esto es lo peor de vivir en una isla. Hasta el mínimo asunto doméstico puede convertirse en un verdadero problema», pensó Vera Claythorne.

El costado de la embarcación rozó suavemente las rocas. Fred Narracott saltó a tierra el primero. Lombard y él ayudaron a los demás a desembarcar. Narracott amarró la barca a una argolla sujeta a la piedra y después dirigió al grupo hacia una escalera cincelada en la roca.

—¡Esto es espléndido! —exclamó el general Macarthur.

A pesar de las alabanzas, parecía sentirse intranquilo. Aquel sitio le resultaba inquietante.

Cuando el grupo subió el último peldaño y llegó a una amplia terraza, pareció animarse un poco. Un mayordomo los esperaba ante la puerta abierta; su semblante serio los tranquilizó. En cuanto a la casa, era admirable; el panorama que se divisaba desde la terraza era magnífico.

El criado los saludó con una reverencia. Era un hombre alto y enjuto, de pelo gris y aspecto respetable.

—Damas y caballeros, tengan la amabilidad de seguirme.

En el amplio vestíbulo se habían dispuesto hileras de botellas para que los invitados tomaran una copa. Anthony Marston se animó. Había empezado a pensar que todo aquello era muy raro. ¡Nadie era como él! ¿Por qué a Badger se le había ocurrido enviarlo a esa isla? Al menos las bebidas eran buenas y no faltaba el hielo. ¿Qué decía el mayordomo?

El señor Owen, a causa de un fastidioso retraso, no llegaría hasta mañana. A sus órdenes..., cualquier cosa que desearan... ¿Querían subir a sus habitaciones? La cena se serviría a las ocho.

VI

Vera siguió a la señora Rogers al piso de arriba. La criada abrió una puerta al final del pasillo y la joven entró en un dormitorio espléndido, con un gran ventanal que daba al mar y otro al este. La joven, satisfecha, lanzó una breve exclamación.

—Espero que no le falte nada, señorita —le dijo la señora Rogers.

Vera miró a su alrededor. Sus maletas estaban vacías, y el equipaje, perfectamente ordenado. En una esquina de la habitación había una puerta abierta que dejaba entrever un baño con baldosas de color azul celeste.

—No. No falta nada —respondió.

—Si desea algo más, señorita, solo tiene que tocar el timbre.

La señora Rogers tenía una voz monótona y apagada.

Vera examinó a la mujer. Estaba tan pálida que parecía un fantasma. De aspecto impecable y con el cabello peinado hacia atrás, vestía de negro y sus ojos claros y extraños no dejaban de mirar en todas direcciones.

«Parece como si tuviera miedo de su sombra», pensó Vera.

Sí, eso era, ¡tenía miedo! Parecía presa de un pánico mortal.

La joven sintió un ligero estremecimiento. ¿De qué podía tener miedo esa mujer?

—Soy la nueva secretaria de la señora Owen —dijo Vera amablemente—. Supongo que ya lo sabía.

—No sé nada, señorita —dijo la señora Rogers—. Solo me han dado una lista de invitados y la habitación asignada a cada uno.

—¿La señora Owen no le ha hablado de mí?

La señora Rogers parpadeó.

—Aún no he visto a la señora Owen. Tan solo hace dos días que estamos aquí.

«¡Qué gente más fantástica esos Owen!», pensó Vera, y añadió en voz alta:

—¿El servicio doméstico es numeroso?

—Solo estamos mi marido y yo.

Vera frunció el entrecejo. Ocho invitados, un total de diez personas en la casa, incluyendo al señor y la señora Owen, ¡y solo un matrimonio para servir a toda esa gente!

—Soy buena cocinera —prosiguió la señora Rogers—, y mi marido se basta y sobra para hacer el trabajo de la casa. Naturalmente, no esperábamos tantos invitados.

—¿Se las arreglará para salir adelante?

—Oh, sí, señorita, ya me las arreglaré. Si más adelante

la señora Owen organiza otras recepciones, sin duda contratará a más personal.

—Así lo espero —contestó Vera.

La señora Rogers se alejó en silencio, como una sombra.

Vera se dirigió al ventanal que daba al mar y se acomodó en el asiento adosado a este. Estaba inquieta. ¡Qué extraña le resultaba aquella casa! La ausencia de los dueños. La criada que parecía un fantasma. ¡Pero, sobre todo, los invitados! ¡Esos sí que eran raros y extraños!

«Me habría gustado ver a los Owen para poder formarme una opinión», se dijo.

Se levantó, vivamente agitada, y se paseó por la habitación decorada con un estilo moderno. Unas alfombras blancas cubrían el reluciente parqué. Las paredes estaban pintadas de un color claro y el espejo estaba circundado de luces. Sobre la chimenea había una figura de mármol blanco que representaba a un oso, una muestra de escultura moderna. En ella estaba empotrado un reloj de péndulo. Encima había un marco de metal cromado con un pergamino que contenía un poema.

De pie, delante de la chimenea, Vera leyó el poema enmarcado. Era la letra de una canción infantil que recordaba haber aprendido de niña.

Diez soldaditos se fueron a cenar.
Uno se ahogó y quedaron: nueve.
Nueve soldaditos trasnocharon mucho.
Uno no se despertó y quedaron: ocho.
Ocho soldaditos viajaron por Devon.
Uno se escapó y quedaron: siete.
Siete soldaditos cortaron leña con un hacha.

Uno se cortó en dos y quedaron: seis.
Seis soldaditos jugaron con una colmena.
A uno de ellos le picó una abeja y quedaron: cinco.
Cinco soldaditos estudiaron Derecho.
Uno de ellos se doctoró y quedaron: cuatro.
Cuatro soldaditos se hicieron a la mar.
Un arenque rojo se tragó a uno y quedaron: tres.
Tres soldaditos se pasearon por el zoo.
Un oso los atacó y quedaron: dos.
Dos soldaditos estaban sentados al sol.
Uno de ellos se quemó y quedó: uno.
Un soldadito se encontraba solo.
Y se ahorcó, y no quedó ¡ninguno!

Vera sonrió. ¿Acaso no estaba en la isla del Soldado?

Se sentó de nuevo junto al ventanal para contemplar el mar. ¡Qué inmenso era! Desde allí no se veía tierra alguna, solo el ondulante movimiento del agua azul bajo los rayos del sol poniente.

El mar, hoy tan sereno, a veces tan cruel. El mar, que nos atrae a sus abismos. Ahogado... Encontrado ahogado..., ahogado en el mar..., ahogado, ahogado, ahogado... No quería acordarse. ¡No quería pensar en eso! ¡Todo aquello pertenecía al pasado!

VII

El doctor Armstrong desembarcó en la isla del Soldado en el momento en el que el sol desaparecía en el mar. Durante la travesía había charlado con el barquero, un hombre de la zona. Estaba ansioso por documentarse acerca de los propietarios de la isla, pero Narracott le había causado la extraña sensación de no estar lo bastante informado o de no querer hablar sobre ello. Por ese motivo, el doctor Armstrong cambió de tema y le habló del tiempo y de la pesca.

Estaba cansado después del largo viaje en automóvil. Le escocían los ojos de tanto conducir con el sol de cara.

Sí, estaba cansado. El mar y la tranquilidad..., eso era lo que necesitaba. Le habría gustado tomarse unas largas vacaciones, pero no podía permitirse ese lujo. La cuestión económica era lo de menos, pero no podía abandonar a su clientela, porque en los tiempos que corrían no se era fiel a nadie. No, ahora que tenía una posición estable, debía trabajar sin descanso.

«Esta noche —pensó— me olvidaré de todo.»

Había algo mágico en una isla, palabra que evocaba toda clase de fantasías. Se perdía el contacto con el mundo. Una isla era un mundo aparte. Un mundo del que tal vez no se volvía jamás.

«Abandonaré para siempre la vida que he llevado hasta ahora.»

Y, sonriendo para sí, empezó a hacer planes, unos planes fantásticos, para el futuro. Sin dejar de sonreír, subió los peldaños cincelados en la roca.

En un butacón de la terraza estaba sentado un anciano cuyo aspecto le resultaba vagamente familiar. ¿Dónde había visto a ese tipo con cara de rana, cuello de tortuga, espalda encorvada y ojillos claros y maliciosos? ¡Ah, sí! Era el juez Wargrave. En una ocasión, había testificado en el tribunal que presidía ese magistrado.

Aunque siempre parecía estar dormido, era un experto en asuntos legales. Ejercía una gran influencia sobre el jurado: según decían, era él quien tomaba las decisiones. Había conseguido increíbles veredictos de culpabilidad en dos ocasiones. Algunos decían que le gustaba enviar a los acusados a la horca.

Menudo sitio tan absurdo para reencontrarse con él..., ¡un trozo de tierra aislado del mundo!

VIII

«¡Es Armstrong! Compareció como testigo en uno de mis casos. Muy correcto y cauteloso. Todos los médicos son unos asnos, y los de Harley Street son los peores», se dijo el juez Wargrave.

Recordó, con maldad, una reciente entrevista que había mantenido con un individuo remilgado de aquella calle.

—Las bebidas están en el vestíbulo —gruñó en voz alta.

—Gracias, pero me gustaría saludar primero a los dueños de la casa —dijo el doctor Armstrong.

Wargrave cerró los ojos, lo cual acentuó aún más su semejanza con un reptil.

—¡No puede!

—¿Por qué? —preguntó el médico sorprendido.

—Porque no está ninguno de los dos. Una situación muy extraña. No entiendo nada —respondió el juez.

El doctor lo miró fijamente durante un minuto y, cuando creía que el juez dormitaba, este dijo de repente:

—¿Conoce usted a Constance Culmington?

—No lo creo...

—No importa —repuso el juez—. Es muy despistada

y tiene una letra ilegible. Empezaba a preguntarme si no me había equivocado de casa.

El doctor Armstrong negó con la cabeza y se dirigió hacia el interior de la mansión.

El juez Wargrave pensó en Constance Culmington. No se fiaba de ella, aunque no conocía a ninguna mujer en quien pudiera confiar.

Su atención se desvió a las dos mujeres que estaban en la casa, la solterona de los labios fruncidos y la joven. Esta última le traía sin cuidado. Una pícara carente de escrúpulos. No, había tres mujeres, contando a la esposa de Rogers. Una mujer extraña y, al parecer, asustadiza. No obstante, parecía una pareja respetable, conocedora de su oficio.

En ese momento, Rogers apareció en la terraza.

—¿Sabe usted si lady Constance Culmington llegará hoy? —le preguntó el juez.

Rogers lo miró fijamente.

—No, señor; no que yo sepa.

Wargrave levantó las cejas, pero se limitó a emitir un gruñido.

«Conque la isla del Soldado, ¿eh? —pensó—. Aquí hay gato encerrado.»

IX

Anthony Marston se hallaba disfrutando de un baño con agua caliente para relajar los músculos agarrotados tras un trayecto en automóvil tan largo. No era una persona dada a pensar; su carácter tendía a dejarse llevar por las sensaciones y la acción.

«Habrá que seguir adelante, supongo», se dijo.

Y volvió a no pensar en nada. El agua caliente, los miembros cansados, un afeitado, un cóctel, la cena.

¿Y después...?

X

El señor Blore intentaba hacerse el nudo de la corbata sin mucha maña.

¿Tenía buen aspecto? No estaba mal.

Nadie había sido amable con él. ¡Qué manera tan extraña tenían los invitados de mirarse de reojo, como si supieran...!

Todo dependía de él.

No quería echar a perder su misión.

Observó la canción infantil enmarcada encima de la chimenea. ¡Qué lugar tan apropiado! ¡Buena idea, sí, señor!

«Recuerdo haber estado en este lugar de pequeño —pensó—. Nunca hubiera creído que volvería aquí con esta clase de encargo. Quizá sea una suerte que no podamos prever nuestro futuro.»

XI

El general Macarthur meditaba con el ceño fruncido.

«¡Maldita sea! ¡Todo esto es muy extraño! No esperaba nada parecido.»

De buena gana habría inventado un pretexto para marcharse y mandarlo todo a paseo, pero la embarcación había regresado ya a Sticklehaven. Tendría que quedarse en la isla.

El tal Lombard le parecía un tipo extraño. Poco honrado. Habría jurado que aquel hombre no era trigo limpio.

XII

Al primer golpe de gong, Philip Lombard salió de su habitación y bajó la escalera con pasos silenciosos y ágiles como los de una pantera. Se movía como un felino. Sus ademanes evocaban a una bestia depredadora, aunque atractiva a la vista.

Sonrió.

¿Una semana?

¡Sí, disfrutaría de esa semana!

XIII

En su dormitorio, Emily Brent, ataviada con un vestido de seda negra, aguardaba la hora de cenar leyendo la Biblia. Repetía a media voz las palabras del texto: «Los paganos serán precipitados al abismo que ellos mismos habrán cavado; en el cepo que han ocultado se cogerán el pie. El Señor se dará a conocer el día del Juicio Final. El pecador en sus propias redes caerá y será arrojado al infierno».

Apretó los labios y cerró la Biblia.

Se levantó, se prendió en el vestido un broche de cuarzo ahumado y bajó a cenar.

Capítulo 3

I

Acabaron de cenar.

La comida había sido exquisita, y los vinos, excelentes. Rogers había servido la mesa con gran profesionalidad.

Los invitados estaban de buen humor y empezaron a charlar entre sí con más libertad e intimidad.

El juez Wargrave, atemperado por un oporto excelente, hacía comentarios mordaces; el doctor Armstrong y Tony Marston lo escuchaban con atención. La señorita Brent hablaba con el general Macarthur: habían descubierto que tenían amigos comunes. Vera Claythorne hacía preguntas inteligentes al señor Davis sobre Sudáfrica, tema que este conocía bien. Lombard seguía su conversación. En un par de ocasiones alzó la mirada con brusquedad y entornó los ojos. De vez en cuando miraba alrededor de la mesa y observaba al resto de los comensales.

De repente, Anthony Marston exclamó:

—Qué curiosas esas figurillas, ¿verdad?

En el centro de la mesa redonda, sobre una bandeja de cristal, estaban colocadas unas figuras de porcelana.

—Soldaditos —prosiguió—. La idea procede, supongo, de la isla del Soldado.

Vera se inclinó hacia delante.

—Es posible. ¿Cuántos son? ¿Diez?

—Qué gracioso —exclamó Vera—. Son los diez soldaditos de la canción infantil que he visto en un cuadro sobre la chimenea de mi habitación.

—En mi cuarto también hay uno —dijo Lombard.

—En el mío también.

—Y en el mío.

Los presentes lo corearon.

—Qué idea tan divertida —manifestó Vera.

—A mí me parece infantil —gruñó el juez Wargrave mientras se servía otra copa de oporto.

Emily Brent miró a Vera Claythorne. Vera Claythorne observó a la señorita Brent. Acto seguido, las dos mujeres se pusieron en pie.

Las puertaventanas del salón que daban a la terraza estaban abiertas. Desde allí les llegaba el ruido de las olas al romper contra las rocas.

—¡Qué sonido tan agradable! —indicó Emily Brent.

—Yo lo odio —afirmó Vera.

La señorita Brent la contempló sorprendida. Vera enrojeció.

—No creo que sea muy agradable este lugar en un día de tormenta —añadió tras recobrar la compostura.

—Supongo que la casa permanecerá cerrada durante el invierno —dijo la señorita Brent—. Dudo que los criados acepten quedarse en la isla el resto del año.

—De cualquier forma —murmuró Vera—, debe de ser difícil encontrar servicio dispuesto a trabajar aquí.

—La señora Oliver ha tenido mucha suerte. La mujer es una cocinera excelente —dijo Emily Brent.

«Es sorprendente cómo la gente mayor siempre confunde los nombres», pensó Vera.

—Sí, creo que la señora Owen ha tenido mucha suerte.

Emily Brent sacó de su bolso un bordado. En el momento en que se disponía a enhebrar la aguja, se quedó inmóvil.

—¿Owen? ¿Ha dicho usted Owen?

—Sí.

—En mi vida había oído ese nombre.

—Pero probablemente... —comenzó a decir Vera asombrada.

No acabó la frase. Se abrió la puerta y entraron los hombres. Rogers cerraba la comitiva con una bandeja de café.

El juez se sentó al lado de la señorita Brent; Armstrong, junto a Vera. Tony Marston se dirigió a la ventana abierta. Blore examinaba con sincero asombro una estatuilla de latón; parecía preguntarse si las formas angulosas representaban una figura femenina.

El general Macarthur, de espaldas a la chimenea, se atusaba su bigote blanco. La cena había sido espléndida y la velada empezaba a animarse. Lombard hojeaba el *Punch* que había encima de una mesita cerca de la pared junto con otros periódicos. Rogers sirvió el café. Un café de buena calidad, cargado y muy caliente.

Tras la magnífica cena, los invitados se sentían satisfechos y encantados de la vida. Las manecillas del reloj señalaron las nueve y veinte. En el salón reinaba un confortable silencio.

De repente, se oyó una voz inesperada, sobrenatural, penetrante.

—Señoras y caballeros. Silencio, por favor.

Los presentes se sobresaltaron. Miraron a su alrededor y se observaron unos a otros. ¿Quién había hablado?

La voz volvió a oírse fuerte y clara:

—Los acuso de los siguientes hechos:

»Edward George Armstrong, se lo acusa de la muerte de Louisa Mary Clees, acaecida el 14 de marzo de 1925.

»Emily Caroline Brent es responsable de la muerte de Beatrice Taylor el 5 de noviembre de 1931.

»William Henry Blore, es usted el causante de la muerte de James Stephen Landor el 10 de octubre de 1928.

»Vera Elisabeth Claythorne, el 11 de agosto de 1935 mató usted a Cyril Ogilvie Hamilton.

»Philip Lombard, se lo acusa de la muerte de veintiún hombres miembros de una tribu de África Oriental en febrero de 1932.

»John Gordon Macarthur, usted envió deliberadamente a la muerte al amante de su mujer, Arthur Richmond, el 4 de enero de 1917.

»Anthony James Marston, se lo acusa de la muerte de John y Lucy Combes, acaecida el 14 de noviembre del año pasado.

»Thomas y Ethel Rogers, el 6 de mayo de 1929 fueron los causantes de la muerte de Jennifer Brady.

»Lawrence John Wargrave, se lo acusa de la muerte de Edward Seton, acaecida el 10 de junio de 1930.

»¿Los acusados desean alegar algo en su defensa?

II

La voz calló.

Tras unos segundos de absoluto silencio, se oyó un sonido de loza rota. A Rogers se le había caído la bandeja con el servicio del café.

En ese preciso instante les llegó del vestíbulo un grito y el ruido de un cuerpo al caer.

Lombard fue el primero en levantarse y correr hacia la puerta; al abrirla se encontró a la señora Rogers tendida en el suelo.

—Marston —gritó Lombard.

Anthony se puso en pie de un salto para socorrerla. Entre los dos levantaron a la mujer y la llevaron al salón.

El doctor Armstrong acudió enseguida. Los ayudó a levantarla y a tenderla en el sofá, donde procedió a examinarla.

—No ha sido nada —diagnosticó—. Un simple desvanecimiento. Volverá en sí de un momento a otro.

—Traiga un poco de coñac —le ordenó Lombard a Rogers.

Con el rostro lívido y las manos temblorosas, Rogers murmuró: «Sí, señor», y salió rápidamente de la estancia.

—¿Quién nos ha hablado? —preguntó Vera—. ¿Dónde se oculta? Habría jurado...

—¿Qué pasa aquí? ¿Qué... qué broma pesada es esta? —balbuceó el general Macarthur.

Con manos temblorosas y la espalda encorvada, parecía haber envejecido diez años de repente.

Blore se secó el sudor del rostro con el pañuelo. Solo el juez Wargrave y la señorita Brent permanecían impasibles. Ella, con el busto erguido y la cabeza alta, tenía las mejillas arreboladas. El anciano magistrado mantenía la cabeza hundida entre los hombros y se rascaba la oreja con una mano mientras sus ojos, de mirada activa, brillante e inteligente, escudriñaban los rincones del salón.

Una vez más, Lombard fue el primero en actuar. Al ver al médico ocupado con la mujer desvanecida, tomó la iniciativa.

—La voz parecía salir de esta habitación —afirmó.

—Pero ¿quién ha hablado? ¿Quién? ¡Desde luego, no ha sido ninguno de nosotros! —exclamó Vera.

Igual que el juez, también Lombard escudriñaba los rincones de la estancia. Su mirada se posó en el ventanal y meneó la cabeza con decisión. Sus ojos brillaron y, con paso rápido, se dirigió hacia una puerta cercana a la chimenea que daba a la estancia contigua.

Abrió la puerta bruscamente, la franqueó y lanzó una viva exclamación:

—¡Lo he encontrado!

El resto de los invitados se le unieron de inmediato. Solo la señorita Brent se quedó sentada en la butaca.

En aquella estancia había una mesa arrimada a la pared que daba al salón. Sobre la mesa había un gramófono muy antiguo, con una enorme bocina pegada al muro. Lombard lo apartó de la pared y señaló dos o tres agujeros casi imperceptibles horadados en el tabique.

Volvió a colocar el gramófono en su sitio y deslizó la aguja en el disco. La voz sonó de nuevo fuerte y clara: «Los acuso de los siguientes hechos...».

—¡Párelo! ¡Párelo! ¡Es horrible! —exclamó Vera.

Lombard obedeció; Armstrong, con un suspiro de satisfacción, profirió:

—Ha sido una broma cruel y de mal gusto, supongo.

—¿Cree que se trata de una broma? —murmuró el juez Wargrave en voz baja.

El médico lo miró fijamente.

—¿Qué, si no?

—En estos momentos —declaró el magistrado mientras se acariciaba el labio superior—, no estoy en disposición de opinar.

—Olvida un detalle —intervino Anthony Marston—. ¿Quién diablos puso el gramófono en marcha?

—En efecto —murmuró Wargrave—, me parece que debemos investigar ese punto.

El juez se dirigió de nuevo al salón seguido del resto de los invitados. Rogers entró con una copa de coñac en la mano.

La señorita Brent estaba inclinada sobre el sofá, atendiendo a la señora Rogers, quien se quejaba en voz baja. Rogers se interpuso hábilmente entre las dos mujeres.

—Permítame, señora, que le diga unas palabras a mi esposa. Ethel... Ethel, todo va bien. No pasa nada, ¿de acuerdo? ¡Anímate!

La señora Rogers respiraba con dificultad. Sus ojos paralizados y asustados recorrieron los rostros de los presentes. Su marido empezó a hablar en un tono de voz más alto.

—Vamos, Ethel, no te enfades.

—Se encontrará mejor dentro de poco —dijo el médico en un tono animoso y amable—. Solo se trata de un desmayo.

—¿Me he desvanecido, doctor?

—Sí.

—Fue esa voz..., esa horrible voz. Como una sentencia.

De nuevo su rostro adquirió un tinte verdoso y cerró los ojos.

—¿Dónde está el coñac? —exigió el médico.

Rogers había puesto el coñac encima de una mesita. Alguien se lo dio al médico, quien se inclinó sobre la mujer.

—Tenga, beba, señora Rogers.

Ella bebió un sorbo y tosió. El alcohol le sentó bien, y de inmediato su semblante recuperó el color.

—Ya estoy mejor. Me ha impresionado mucho.

—Te creo —la interrumpió su marido—. A mí también. Hasta se me cayó la bandeja. No son más que mentiras infames. Me gustaría saber...

Una tos, una tosecilla seca, lo interrumpió. Rogers miró al juez, que volvió a toser.

—¿Quién ha puesto ese disco en el gramófono? —preguntó Wargrave—. ¿Ha sido usted, Rogers?

—No sabía de qué se trataba —protestó el criado—. Juro ante Dios que lo ignoraba, señor. De haberlo sabido, no lo habría puesto.

—Probablemente dice la verdad —comentó el juez con voz agria—. Sin embargo, Rogers, me gustaría que se explicara mejor.

El criado se secó el sudor de la frente con un pañuelo.

—No he hecho más que obedecer órdenes, señor, eso es todo.

—¿De quién?

—Del señor Owen.

—Aclaremos ese punto —dijo el magistrado—. ¿Qué órdenes le dio exactamente el señor Owen?

—Me dijo que colocara en el gramófono un disco que encontraría en el cajón, y que después mi mujer lo pusiera en marcha cuando yo sirviera el café en el salón.

—Una historia extraordinaria —murmuró Wargrave.

—Es cierto, señor. Juro por Dios que es verdad... No me pareció raro porque el disco lleva una etiqueta y yo creí que era de música.

Wargrave miró a Lombard.

—¿Había un título en ese disco? —preguntó.

Lombard asintió. De pronto sonrió y dejó al descubierto unos dientes blancos y afilados.

—Sí, señor: «Canción del cisne».

III

—¡Todo esto es ridículo! —estalló el general Macarthur—. ¡Ridículo! ¡Esas acusaciones tan monstruosas contra nosotros! Tenemos que hacer algo al respecto. El señor Owen, quienquiera que sea...

La señorita Brent lo interrumpió.

—Exacto. ¿Quién es el señor Owen?

El juez Wargrave intervino con la autoridad que confiere una larga carrera profesional en la judicatura.

—Ante todo hay que esclarecer ese detalle. Rogers, le sugiero que lleve a su esposa al dormitorio y que la acueste. Luego, vuelva usted aquí.

—Bien, señor.

—Le echaré una mano, Rogers —se ofreció el doctor Armstrong.

Apoyada en los dos hombres, la señora Rogers abandonó el salón con paso vacilante.

Cuando hubieron salido, Anthony Marston dijo:

—No sé si será de la misma opinión, señor, pero necesito una copa.

—Yo también —añadió Lombard.

—Voy a ver qué encuentro —dijo Anthony.

Salió de la habitación y regresó al cabo de unos instantes.

—Las encontré en una bandeja cerca de la puerta, listas para entrarlas.

Depositó con sumo cuidado la bandeja con las botellas. Los minutos siguientes se dedicaron a rellenar las copas. El juez y el general se hicieron servir whisky. Todos necesitaban un estimulante; solo Emily Brent pidió un vaso de agua.

—La señora Rogers está bien —manifestó el médico al entrar en el salón—. Le he administrado un sedante para que descanse. ¡Ah! Veo que están ustedes bebiendo. Los acompañaré con mucho gusto.

Los hombres llenaron por segunda vez las copas. Rogers regresó al cabo de unos momentos.

El juez Wargrave se hizo cargo de los procedimientos, y el salón se convirtió en un improvisado tribunal.

—Veamos, Rogers. Queremos llegar al fondo de esa historia. ¿Quién es el señor Owen?

—El propietario de la isla, señor —respondió el criado sorprendido.

—Sí, eso ya lo sé. Pero quiero que me explique todo lo que sabe acerca de él.

Rogers negó con la cabeza.

—No puedo contarle nada, no lo he visto jamás.

Un murmullo de sorpresa se extendió por la sala.

—¿Afirma que no lo ha visto jamás? —intervino el general Macarthur—. ¿Qué quiere decir?

—Mi mujer y yo estamos aquí desde hace una semana. Nos contrataron por carta a través de una agencia de colocación. La agencia Regina de Plymouth.

—Una agencia muy antigua —comentó Blore.

—¿Tiene la carta? —lo apremió Wargrave.

—¿La carta que nos escribieron? No, señor, no la he guardado.

—Prosiga. Dice que los contrataron por carta...

—Sí. Teníamos que venir en una fecha determinada. Cuando llegamos todo estaba en orden y había provisiones en abundancia. Solo tuvimos que quitar el polvo.

—¿Y después?

—Nada, señor. Recibimos órdenes, también por carta, de preparar las habitaciones para los invitados. Ayer por la tarde, el cartero nos trajo otra carta del señor Owen en que nos comunicaba que él y su señora no podían venir y que cumpliéramos con nuestras obligaciones. Nos dejaba instrucciones para la cena y nos pedía que pusiéramos ese disco a la hora del café.

—¿Tiene esa carta? —interrogó Wargrave.

—Sí, señor. La llevo encima.

El criado sacó la carta del bolsillo y el juez se la cogió de las manos.

—¡Hum! Está timbrada en el hotel Ritz y está escrita a máquina.

Con un movimiento rápido, Blore se puso a su lado.

—¿Me permite verla? —preguntó.

Y, sin esperar respuesta, se la arrebató de la mano.

—Está escrita con una máquina de escribir Coronation, bastante nueva, sin defectos —murmuró—. Papel comercial. No hemos adelantado gran cosa. Podría haber huellas dactilares, pero lo dudo.

Wargrave lo observó con repentino interés.

Anthony Marston, de pie junto al señor Blore, miraba por encima de su hombro.

—Nuestro anfitrión —señaló— tiene unos nombres de pila muy raros: Ulick Norman Owen. Parece un trabalenguas.

—Le estoy muy agradecido, señor Marston —dijo el magistrado un tanto asombrado—. Acaba de llamar mi atención sobre un punto curioso y sugerente.

Miró a su alrededor y, alargando el cuello como una tortuga enojada, añadió:

—Creo que en estos momentos podemos reunir toda la información que poseemos. Me parece que todos deberíamos explicar cuanto sepamos acerca del propietario de esta casa. —Hubo un momento de silencio y prosiguió—: Somos sus invitados. A mi juicio, sería de gran ayuda que cada uno de nosotros explicara exactamente por qué se encuentra aquí.

Al cabo de un instante, Emily Brent tomó la palabra muy decidida:

—Hay algo misterioso en todo esto. Recibí una carta cuya firma era imposible descifrar. Parecía proceder de una mujer que conocí hace dos o tres años en un lugar de veraneo. Me pareció entender que se llamaba Ogden u Oliver. Conozco a una señorita Ogden y también a una señora Oliver, pero puedo afirmar con toda seguridad que jamás he conocido o trabé amistad con alguien que se llame Owen.

—¿Tiene usted esa carta, señorita Brent? —preguntó el juez.

—Sí. Ahora mismo se la traigo.

La mujer subió a su cuarto y volvió con ella a los pocos minutos.

El juez la leyó y dijo:

—Comienzo a comprender. ¿Y usted, señorita Claythorne?...

Vera explicó cómo la habían contratado en calidad de secretaria de la señora Owen.

—¿Marston? —preguntó Wargrave.

—Recibí un telegrama de un amigo mío, Badger Berkeley —respondió Anthony—. En aquel momento me sorprendió, pues creía que el muy sinvergüenza se encontraba en Noruega. Me pedía que viniera aquí de inmediato.

El juez inclinó la cabeza.

—¿Doctor Armstrong?

—Vine aquí a título profesional.

—Bien. ¿Y no tiene usted ninguna relación con la familia Owen?

—No. La carta mencionaba a uno de mis colegas.

—Para darle verosimilitud —añadió el magistrado—. Y supongo que no pudo ponerse en contacto con su colega.

—Así es.

De pronto, Lombard, que miraba fijamente a Blore, dijo:

—Escuchen, por favor. Se me acaba de ocurrir una idea.

Wargrave levantó la mano.

—Espere un minuto.

—Pero yo...

—Cada cosa a su tiempo, señor Lombard. En este momento estamos aclarando las causas por las que nos hallamos en este lugar. ¿General Macarthur?

El general respondió sin dejar de atusarse el bigote.

—Recibí una carta... de ese tal señor Owen, en la que me hablaba de unos antiguos camaradas míos que estarían aquí. Y me pedía excusas por invitarme de esa forma. No guardé la carta.

—¿Señor Lombard?

El cerebro de Philip Lombard no había permanecido inactivo. ¿Debía hablar con toda franqueza? Tomó una decisión.

—La misma historia que los demás. La invitación hace alusión a unos amigos comunes. Caí en la trampa. Rompí la carta.

El magistrado se volvió hacia el señor Blore. Se acariciaba el labio superior y su tono de voz traslucía una amabilidad incierta.

—Acabamos de pasar por una prueba muy desagradable —le dijo—. Una voz de ultratumba nos ha llamado a todos por nuestros nombres y nos ha acusado de unos cargos de los que ya hablaremos después. Ahora lo que nos interesa es un detalle menos importante. Entre los nombres citados oímos el de William Henry Blore. Pero entre nosotros nadie se llama así. En cambio, el de Davis no ha sido mencionado. ¿Qué dice a esto, señor Davis?

Blore respondió en un tono agrio:

—¿Por qué ocultarlo? Supongo que es mejor que admita que no me llamo Davis.

—Entonces ¿es usted William Henry Blore?

—Así es.

—Permítame añadir unas palabras, señor Blore —dijo Lombard—. No solo se ha presentado usted con un nombre falso, sino que además es usted un mentiroso de tomo y lomo. Pretendía hacernos creer que viene de Natal. Conozco muy bien Sudáfrica y Natal, y puedo jurar que usted no ha puesto los pies allí jamás.

Todas las miradas convergieron en Blore... Miradas cargadas de desconfianza. Anthony Marston se abalanzó sobre él con los puños cerrados.

—¡Explíquese, sinvergüenza!

Blore se echó hacia atrás con las mandíbulas apretadas.

—Caballeros, se equivocan —dijo—. Tengo aquí mis credenciales y puedo enseñárselas. He pertenecido a la policía y actualmente dirijo una agencia de detectives en Plymouth. Me encargaron este trabajo.

—¿Quién? —inquirió el juez.

—Ese tal señor Owen. Adjuntaba a su carta una importante suma de dinero para gastos y algunas instrucciones sobre la tarea que tenía que realizar. Debía reunirme con los invitados, haciéndome pasar por uno más. Me dio todos sus nombres. Tenía que vigilarlos a todos.

—Y ¿qué razón argüía?

—Las joyas de la señora Owen —contestó Blore con resentimiento—. ¡La señora Owen, y un cuerno! No creo que exista esa persona.

El juez volvió a acariciarse el labio con el índice, esta vez en un gesto de reconocimiento.

—La conclusión parece lógica —dijo—. ¡Ulick Norman Owen! En la carta dirigida a la señorita Brent, la firma era ilegible, pero el nombre podía leerse: Una

Nancy Owen, es decir, siempre las iniciales U. N. O. Con un poco de imaginación y fantasía puede reconstruirse la palabra inglesa *unknown*, es decir, «desconocido».

—¡Pero eso es de locos! —exclamó Vera Claythorne.

El juez asintió.

—Tiene razón, señorita Claythorne —repuso—. No tengo ninguna duda de que nuestro anfitrión es un peligroso maníaco homicida.

Capítulo 4

I

Hubo un momento de silencio. Un silencio impregnado de sorpresa y de miedo. De nuevo se dejó oír la voz clara del juez Wargrave.

—Llegamos ahora a la segunda fase de nuestra investigación. Ante todo voy a añadir mis propias informaciones a las que ya poseemos.

Sacó una carta de su bolsillo y la arrojó sobre la mesa.

—Esta carta es como si la hubiera escrito una de mis amistades, lady Constance Culmington, a la que no veo desde hace algunos años. Se marchó a Oriente Medio. Tiene exactamente el estilo incoherente y frívolo que habría usado ella, y me habla de los propietarios de la isla de una manera un tanto confusa.

»Fíjense ustedes en que, en todas las cartas, emplea la misma táctica, coincidiendo en un punto del mayor interés: sea quien fuere el individuo, hombre o mujer, que nos ha reunido en esta casa, nos conoce o se ha molestado en buscar datos sobre cada uno de nosotros. Está al corriente de mi relación con lady Culmington y de su estilo epistolar. Sabe algunas cosas de los colegas del doctor Armstrong y conoce su paradero. Sabe el alias del amigo de Marston y la clase de telegramas que acostumbra a enviar. No ignora dónde pasó sus vacaciones la señorita Brent hace dos años y la gente que conoció allí. Y lo sabe todo sobre los antiguos camaradas del general Macarthur.

»Como pueden ver —prosiguió tras una pausa—, sabe muchas cosas de nosotros que le han permitido formular acusaciones concretas.

Esta última observación desató las protestas de los allí presentes.

—Todo eso no es más que un montón de calumnias —exclamó el general Macarthur.

—¡Esto es perverso, maligno! —gritó Vera con la respiración entrecortada.

—¡Es una mentira! ¡Una mentira infame! —afirmó Rogers con voz ronca—. ¡Jamás, ni mi mujer ni yo...!

Anthony Marston refunfuñó:

—Me pregunto adónde quiere llegar ese loco.

La mano en alto del magistrado apaciguó el tumulto.

—Deseo hacer una declaración —manifestó escogiendo sus palabras—. Nuestro amigo desconocido me acusa de la muerte de un tal Edward Seton. Me acuerdo perfectamente de Seton. Estaba acusado del asesinato de una anciana y compareció ante mí en junio de 1930. Su abogado lo defendió hábilmente y él mismo causó una buena impresión en el jurado. Pero tras las declaraciones de los testigos, su crimen no dejaba duda ante mis ojos. Presenté mis conclusiones y el jurado lo declaró culpable. Al dictar la pena de muerte contra él, confirmé el veredicto. Se recurrió la sentencia invocando unas inexactitudes en la interpretación de los hechos, pero la apelación fue desestimada, y el hombre, ejecutado. Declaro ante ustedes que tengo la conciencia muy tranquila al respecto. Me limité a cumplir con mi deber condenando a muerte a un asesino.

¡El doctor Armstrong se acordaba del caso Seton! El veredicto había sorprendido a todo el mundo. El día anterior al juicio había cenado en un restaurante con Matthews, el abogado defensor de Seton, que confiaba en la absolución de su cliente: «No hay duda del veredicto. Absolución prácticamente segura». Luego había oído comentarios: «El juez se la tenía jurada». Convenció al jurado para que declarara a Seton culpable. Pero todo había sido muy legal. El viejo magistrado conocía la ley como pocos. Dio la impresión de que el juez satisfacía una venganza personal.

El médico rememoró de repente todos esos recuerdos. Antes de considerar la conveniencia de su pregunta, inquirió con impulsividad:

—¿Conocía personalmente a Seton? Me refiero a antes del proceso.

Los ojos de serpiente lo miraron. Con un tono frío y preciso, el juez contestó:

—No, no conocía personalmente a Seton antes del caso.

Pero Armstrong se dijo: «Miente. Sé que está mintiendo».

II

Vera Claythorne rompió a hablar con voz trémula.

—Me gustaría decirles..., a propósito de aquel niño,

Cyril Hamilton, que yo era su institutriz. Tenía prohibido nadar lejos de la orilla. Un día, mientras yo estaba distraída, se alejó más de la cuenta. Intenté alcanzarlo a nado, pero llegué demasiado tarde. Fue horrible. No actué negligentemente. En la investigación que se llevó a cabo, el juez de instrucción reconoció mi inocencia. La madre del pequeño en ningún momento me consideró culpable y se mostró comprensiva. ¿Por qué ahora se me acusa de ese doloroso accidente? Es injusto. ¡Muy injusto!

La joven se deshizo en lágrimas y el general Macarthur le dio unas palmaditas en el hombro.

—Vamos, vamos, querida —le dijo—. Sabemos que nada de eso es cierto... Ese hombre es un loco obsesivo.

El general se enderezó y alzó los hombros.

—No hay que dar importancia a esas infamias —prosiguió en un tono de voz autoritario—. Sin embargo, debo decir que no hay nada cierto en esa historia de Arthur Richmond. El joven Richmond era oficial de mi regimiento. Le ordené efectuar un reconocimiento y murió a manos del enemigo. Es habitual que un soldado muera en tiempos de guerra. Lo único que me apena es esa malévola insinuación sobre la conducta de mi mujer, la mejor esposa del mundo. ¡Una mujer de conducta intachable!

El general Macarthur tomó asiento y se atusó el bigote con mano temblorosa. Pronunciar esas palabras le había supuesto realizar un esfuerzo sobrehumano.

Con mirada risueña, Lombard hizo uso de la palabra.

—Por lo que se refiere a los nativos...

—¿Qué sucede con ellos? —lo interrumpió Marston.

Lombard se echó a reír.

—Pues que es cierto. Los abandoné a su suerte. Era una cuestión de vida o muerte. Estábamos perdidos en la selva. Mis dos camaradas y yo reunimos todos los alimentos que quedaban y huimos.

—¡¿Cómo?! —exclamó el general indignado—. ¿Abandonó a sus hombres? ¿Los dejó morir de hambre?

—En efecto. Puede que no sea muy edificante para un caballero inglés, pero la supervivencia es el primer deber de un hombre. Los nativos no tienen miedo a la muerte. Sobre este particular, su mentalidad difiere de la de los europeos.

Vera se apartó las manos del rostro.

—¿Los dejó morir?

La mirada divertida de Lombard se posó en los ojos horrorizados de la joven.

—Sí. Los dejé morir.

—Estaba pensando... —declaró Anthony Marston perplejo— que John y Lucy Combes podrían ser los dos niños que atropellé cerca de Cambridge. ¡Qué mala suerte!

—¿Para ellos o para usted? —preguntó el magistrado con acritud.

—Bueno, pues para mí. Aunque... quizá tenga usted razón: fueron ellos quienes tuvieron mala suerte. Sin embargo, fue un accidente. Salieron de su casa corriendo. Me retiraron el permiso de conducir durante un año. ¡Menuda lata!

—¡Los excesos de velocidad son inadmisibles! ¡Los jóvenes como usted son un peligro público! —lo amonestó el doctor Armstrong.

—¡La velocidad es lo de menos! —exclamó Anthony

encogiéndose de hombros—. ¡La culpa la tienen las carreteras inglesas! ¡No se puede circular a una velocidad decente por ellas!

Buscó con la mirada su vaso, lo cogió de encima de una mesa y se acercó al aparador para servirse otro whisky con soda. Después añadió por encima del hombro:

—Lo cierto es que yo no tuve la culpa. Fue un accidente.

III

Rogers, el mayordomo, se humedeció los labios y se retorció las manos antes de preguntar en tono respetuoso:

—¿Puedo decir algo, señor?

—Lo escuchamos —respondió Lombard.

Rogers carraspeó y, una vez más, se humedeció los labios con la lengua.

—La voz del gramófono también ha mencionado mi nombre, el de mi esposa... y el de la señorita Brady. No hay nada de cierto en sus palabras, señor. Mi mujer y yo permanecimos a su servicio hasta su muerte. La señora estaba muy enferma. La noche en que su salud empeoró, hubo una gran tormenta y la línea telefónica se estropeó. Resultó imposible telefonear al médico, así que fui a buscarlo a pie. Llegamos demasiado tarde. Hicimos todo lo posible por salvarla. Le estábamos muy agradecidos, quienes nos conocen lo sabían bien, señor. ¡Jamás tuvo queja alguna de nosotros! ¡Ni el más mínimo reproche!

Lombard miraba con insistencia el rostro crispado de

Rogers, sus labios resecos y el terror que traslucía su cara. Se acordó de la bandeja que había dejado caer al suelo con el servicio de café y pensó: «¿De verdad?».

—Les dejaría algo al morir, supongo —dijo Blore con impertinencia.

Rogers se irguió.

—La señorita Brady nos recompensó con una suma de dinero como premio a nuestro fiel servicio —declaró indignado—. ¿Qué tiene eso de malo?

—¿Por qué no nos habla de usted, señor Blore? —intervino Lombard.

—¿De mí?

—Sí; su nombre también se halla en la lista.

—¿Se refiere al caso Landor? —inquirió Blore, enrojeciendo—. Se trataba del robo de un banco, el London & Commercial.

El juez Wargrave se revolvió en la butaca donde estaba sentado.

—Me acuerdo muy bien, aunque no interviniera en aquel juicio —dijo—. Condenaron a Landor tras declarar. Usted, Blore, como oficial de policía, estaba a cargo de la investigación, ¿no es cierto?

—Sí.

—Condenaron a Landor a trabajos forzados a perpetuidad; murió en Dartmoor un año después. Estaba muy enfermo.

—Ese individuo era un ladrón —argumentó Blore—. Fue él quien asesinó al vigilante nocturno. La causa contra él carecía de resquicios.

—Si mal no recuerdo, usted recibió una felicitación.

—Me ascendieron, si se refiere a eso —manifestó Blore—. De todas formas, no hice más que cumplir con mi deber.

Lombard se echó a reír estentóreamente.

—Por lo visto, todos los aquí presentes respetamos la ley y cumplimos con nuestro deber. Excepto yo. ¿Y usted, doctor? ¿Qué le parece si hablamos de su error profesional? ¿Se trataba de una operación ilegal?

Emily Brent miró a Lombard con asco y apartó la butaca hacia atrás.

Sin perder el control, el doctor Armstrong negó con la cabeza con buen humor.

—Les aseguro que no comprendo nada de esa historia. No recuerdo haber asistido a ninguna mujer con ese nombre. ¿Clees? ¿Close? Y mucho menos que muriera por mi culpa. Este asunto me resulta muy extraño. ¡Han pasado tantos años...! Lo más probable es que se tratara de alguna de las intervenciones quirúrgicas que llevé a cabo en el hospital. Muchas veces los pacientes llegan demasiado tarde. Y si el enfermo muere, la familia echa la culpa al cirujano.

Lanzó un suspiro y negó con la cabeza.

«Estaba borracho —pensó—. Y operé a aquella mujer bajo los efectos del alcohol. Tenía los nervios deshechos y me temblaban las manos. No hay duda..., la maté. ¡Pobre mujer! Habría sido una intervención sencilla para cualquiera que no hubiera estado borracho. Afortunadamente, en mi profesión hay mucho corporativismo. La enfermera lo sabía, pero guardó silencio. ¡Dios mío! ¡Qué golpe! Aquello me obligó a dejar la bebida. Pero ¿quién diablos ha podido enterarse de lo sucedido después de tantos años?»

IV

En el salón reinaba un profundo silencio. Los presentes observaban a Emily Brent con mayor o menor discreción. Transcurridos unos instantes se dio cuenta de que aguardaban sus explicaciones. Arqueó las cejas sobre su frente estrecha antes de hablar.

—¿Esperan que les diga algo? Pues no tengo nada que decir.

—¿Nada? —inquirió el juez.

—Nada.

La señorita Brent apretó con fuerza los labios.

El juez se pasó entonces una mano por la cara y le preguntó en tono afable:

—Entonces ¿se reserva usted su defensa?

—No tengo nada de lo que defenderme —respondió la señorita Brent con frialdad—. He obrado siempre con arreglo a mi conciencia y no tengo nada que reprocharme.

Una gran decepción se dibujó en los semblantes de los presentes. Sin embargo, la señorita Brent no se desanimaba fácilmente ante la opinión de los demás. Se mantuvo impasible.

El juez Wargrave tosió un par de veces.

—Nuestra investigación queda aplazada de momento —informó el magistrado—. Dígame, Rogers, aparte de ustedes dos y nosotros, ¿hay alguien más en la isla?

—Nadie, señor.

—¿Está seguro?

—Completamente seguro.

—Desconozco las intenciones de nuestro misterioso anfitrión al reunirnos en esta casa. A mi juicio, esa persona, hombre o mujer, no está en posesión de sus plenas facultades mentales —dijo Wargrave—. Podría ser peligroso. Creo que obraríamos bien abandonando esta isla cuanto antes. Sugiero que nos marchemos esta misma noche.

—Perdón, señor —intervino Rogers—, pero no hay ninguna embarcación en la isla.

—¿Ninguna?

—No, señor.

—¿Cómo se comunica usted con la costa?

—Fred Narracott viene todas las mañanas; trae el pan, la leche y el correo, y anota el próximo pedido.

—En ese caso, nos iremos mañana en la barca de Narracott —declaró el juez.

Los presentes fueron de su mismo parecer, excepto Anthony Marston.

—Esta huida no tiene nada de elegante —dijo—. Antes de marcharnos deberíamos aclarar este misterio. Parece sacado de una emocionante novela policíaca.

—A mi edad ha dejado de resultarme atractivo lo que usted califica de *emocionante* —replicó el magistrado.

—¡El ámbito legal es muy estrecho de miras! El crimen me apasiona. ¡Brindo por él! —contestó Anthony con una sonrisa.

Se llevó la copa a los labios y la vació de un trago. Con demasiada ansiedad, quizá. De repente, pareció ahogarse con la bebida; sus facciones se crisparon y su rostro adquirió una tonalidad púrpura. Trató de respirar, pero se derrumbó al pie de la silla, mientras se le caía el vaso de la mano.

Capítulo 5

I

Sucedió de forma tan repentina e inesperada que los presentes se quedaron sin aliento, incapaces de hacer nada excepto contemplar anonadados el cuerpo inerte del joven.

Por fin, el doctor Armstrong saltó de su asiento y se arrodilló para examinarlo; levantó la cabeza y, con los ojos desorbitados y la voz impregnada de asombro, susurró:

—¡Dios mío! ¡Ha muerto!

El desconcierto se abrió paso entre los presentes.

¿Muerto? ¿Muerto? El dios nórdico lleno de salud y en la plenitud de sus fuerzas, fulminado en un abrir y cerrar de ojos. Los jóvenes sanos no morían así, atragantados con un whisky con soda...

Aquello no podía ser cierto.

El médico examinó el rostro del difunto y olfateó sus labios azulados, torcidos en una mueca. Después cogió el vaso en el que había bebido Marston.

—¿Muerto? —inquirió el general—. ¿Es posible que este joven se haya atragantado?

—Llámelo así si quiere —manifestó el médico—. Lo cierto es que ha muerto asfixiado. —Olisqueó el vaso; pasó un dedo por el fondo y se lo llevó a la punta de la lengua. Cambió de expresión.

—Jamás he visto morir a un hombre así, atragantado —declaró el general Macarthur.

—¡En plena vida pertenecemos a la muerte! —exclamó la señorita Brent con voz clara y profunda.

El doctor Armstrong se incorporó y dijo bruscamente:

—No, un hombre no muere por un simple ahogo. La muerte de Marston no ha sido por causas naturales.

—¿Había algo en el whisky? —preguntó Vera en voz baja.

Armstrong asintió.

—Sí. No sé con exactitud de qué veneno se trata, pero todo me hace creer que podría ser cianuro. Descarto el ácido prúsico, pero no el cianuro potásico, cuya acción es fulminante.

—¿Estaba en el vaso? —preguntó el magistrado.

—Sí.

El doctor Armstrong se dirigió a la mesa donde se hallaban las botellas. Destapó la del whisky, la olió, probó de ella e hizo lo mismo con la soda. Luego sacudió la cabeza.

—Aquí no hay nada.

—¿Cree que él mismo puso el veneno en la copa? —aventuró Lombard.

—Eso parece —respondió Armstrong sin mucha convicción.

—¿Suicidio? —preguntó Blore—. ¡Muy extraño! ¿No les parece?

—Nadie pensaría que fuera capaz de suicidarse. ¡Era tan vital...! ¡Parecía disfrutar tanto de la vida! —murmuró Vera—. Cuando esta tarde bajaba por la colina en su coche, me pareció un... ¡Oh, no sabría explicarlo!

Pero todos sabían lo que quería decir. Anthony Marston, en la flor de su juventud, les había parecido un ser inmortal. Y ahora estaba allí, inerte, en el suelo...

—¿Contemplan otra posibilidad aparte de la del suicidio? —preguntó Armstrong.

Lentamente, todos negaron con la cabeza. Nadie acertaba a dar con una explicación convincente. Nadie había tocado las bebidas. Todos habían visto cómo él mismo se había servido el whisky. Parecía lógico, pues, que si había cianuro en su bebida, lo hubiera puesto el propio Anthony Marston.

Y, sin embargo, ¿qué motivos tenía Anthony Marston para suicidarse?

—Doctor —observó Blore pensativo—, todo esto me parece increíble. Marston no parecía pertenecer a la clase de personas con tendencias suicidas.

—Estoy de acuerdo —respondió Armstrong.

II

Dieron por zanjado el asunto. ¿Qué más se podía añadir?

Entre Armstrong y Lombard, subieron el cadáver de Marston a su habitación y lo cubrieron con una sábana.

Al bajar vieron que el resto del grupo tiritaba de frío a pesar del calor de la noche.

—Será mejor que vayamos a acostarnos, es tarde —dijo la señorita Brent.

Puesto que era más de medianoche, la sugerencia parecía acertada. Sin embargo, nadie se movió de su sitio: ninguno de los presentes quería abandonar la reunión, la mutua compañía era lo único que les ofrecía consuelo en esos momentos.

—Sí, necesitamos dormir —declaró el juez Wargrave.

—Todavía no he recogido la mesa del comedor —protestó Rogers.

—Ya lo hará mañana —le dijo Lombard.

—¿Se encuentra mejor su mujer? —le preguntó el médico.

—Subiré a verla, señor.

Regresó al cabo de unos minutos.

—Está durmiendo como un ángel, señor.

—Muy bien, no la despierte —le aconsejó el médico.

—No lo haré, señor. Voy a ordenar el comedor, cerraré las puertas con llave y me acostaré enseguida.

Tras despedirse, el criado cruzó el vestíbulo y entró en el comedor.

A su pesar, los invitados se retiraron a sus habitaciones. Si hubieran estado en una vieja casona con escaleras y suelos cimbreantes, recovecos llenos de sombras y paredes artesonadas y oscuras, no habría sido extraño que se sintieran aterrorizados, pero no era ese el caso.

En aquella mansión ultramoderna, exenta de oscuros recovecos, sin paneles secretos y con luz eléctrica, todo era nuevo, brillante, resplandeciente. No había ni un solo rincón oculto; carecía del ambiente fantasmagórico propio de los viejos caserones.

Y, sin embargo, era precisamente eso lo que más les causaba pavor.

Se desearon las buenas noches en el descansillo, entraron en sus respectivos dormitorios y, en un acto reflejo, cerraron la puerta con llave.

III

En su alegre habitación, con las paredes pintadas de colores pastel, el juez se desnudó antes de meterse en la cama.

Pensaba en Edward Seton. Lo recordaba muy bien. Su pelo, los ojos azules, el hábito de mirar de frente con franqueza. Eso fue lo que más impresionó al jurado.

Al fiscal Llewellyn le faltó tacto y, en su pomposo informe, quiso probar demasiadas cosas.

En cuanto a Matthews, el abogado defensor, estuvo muy bien. Sus argumentos fueron convincentes. Su interrogatorio, decisivo. El trato a su cliente en el estrado fue magistral.

Y Seton había respondido muy bien al interrogatorio, con calma y serenidad. El jurado había quedado impresionado. Matthews pensó que ganaría el caso sin dificultades.

El juez dio cuerda a su reloj y lo puso cerca de la cama.

Recordaba con exactitud cómo se había sentido en el tribunal: escuchaba, tomaba notas y hacía resaltar cualquier prueba que hubiera contra el acusado.

¡Había disfrutado con el proceso! El argumento final de Matthews había sido encomiable. El discurso del fiscal Llewellyn apenas pudo borrar la buena impresión que había causado la defensa.

Y luego ofreció su propio resumen...

Con movimientos precisos, el juez Wargrave se quitó la dentadura postiza y la puso en un vaso con agua. Sus labios arrugados se cerraron y confirieron a su boca una expresión de crueldad. Esbozó una sonrisa con los ojos cerrados. ¡A pesar de todo había conseguido ajustarle las cuentas a Seton!

Pugnando contra su reumatismo, se metió en la cama y apagó la luz.

IV

En el comedor, Rogers parecía perplejo. Contemplaba las figurillas de porcelana que había sobre la mesa.

«¡Qué extraño! ¡Habría jurado que había diez!», pensó.

V

El general Macarthur daba vueltas en la cama incapaz de conciliar el sueño.

En la oscuridad veía el rostro de Arthur Richmond, por quien había llegado a sentir un gran aprecio, complacido de que le cayera tan bien a Leslie.

¡Leslie era tan caprichosa! ¡A cuántos amigos había menospreciado, tratándolos de pesados! De pesados, ni más ni menos.

Sin embargo, no era esa la opinión que ella tenía de Arthur Richmond. Se llevaron bien enseguida. Charlaban de teatro, de música y de cine. Ella se divertía burlándose deél y tomándole el pelo. Y Macarthur veía con agrado el interés casi maternal que su mujer profesaba al joven.

¡Interés maternal! ¡Había sido un necio al no darse cuenta de que Richmond tenía veintiocho años y Leslie veintinueve!

Había amado locamente a Leslie. Rememoró aquel rostro ovalado de ojos grises y risueños, enmarcado por una melena castaña y rizada. Sí, la había querido y había confiado en ella con una fe ciega.

En el frente francés, en plena batalla, pensaba en ella y, con frecuencia, se deleitaba contemplando el retrato que llevaba siempre en el bolsillo de la guerrera.

Hasta el día que lo descubrió todo.

Sucedió como en las novelas: una carta en un sobre equivocado. Leslie les había escrito a los dos y había puesto la carta destinada a Richmond en el sobre de su marido. A pesar de todos los años transcurridos, aún sentía el dolor que le había producido descubrir el engaño.

¡Dios mío, cuánto había sufrido!

El idilio hacía tiempo que duraba. Así lo atestiguaba la carta. ¡Fines de semana! El último permiso de Richmond.

Leslie... ¡Leslie y Arthur!

¡Maldito individuo! ¡Maldita su sonrisa y su enérgico «sí, señor»! ¡Hipócrita mentiroso! ¡Ladrón de mujeres ajenas!

La fría rabia asesina que sentía empezó a crecer...

Consiguió comportarse como siempre, sin dar muestras de su descubrimiento. Se esforzó en tratar a Richmond como de costumbre.

¿Lo había logrado? Quizá. Lo cierto era que Richmond no había sospechado nada. Los cambios de humor se explicaban fácilmente allí donde los nervios de los hombres estaban sujetos a duras pruebas. Solo el joven Armitage lo miraba algunas veces de una manera un tanto extraña. Apenas era un chiquillo, pero muy intuitivo.

Tal vez Armitage había sido el único que había adivinado sus intenciones.

Macarthur había enviado a Richmond a una muerte segura. Solo un milagro podría haberlo traído de vuelta sano y salvo, y ese milagro no se había producido. Sí, había enviado a Richmond a la muerte y no lo lamentó. ¡Qué fácil había sido! En aquellos tiempos se cometían muchos errores involuntarios. Fueron muchos los oficiales que murieron de forma accidental. Todo era confusión y pánico. Con el paso de los años tan solo podría decirse que «el viejo Macarthur perdió los nervios, cometió errores colosales y envió a la muerte a algunos de sus mejores hombres». Nada más.

Pero el joven Armitage era diferente. Había mirado a su oficial en jefe de una manera muy extraña. Tal vez supiera que había enviado a Richmond a una muerte segura.

Una vez acabada la guerra..., ¿desveló Armitage sus temores?

Leslie nunca lo supo. Seguramente lloró la muerte de su amante, pero su pena se desvaneció en cuanto su marido regresó a Inglaterra. Jamás le comentó su infidelidad. La vida prosiguió su curso, aunque a sus ojos ella empezó a parecerle menos real. Y tres o cuatro años después, ella murió de pulmonía.

Ahora todo eso formaba parte del pasado; ¿cuánto

tiempo había transcurrido? ¿Quince años..., quizá dieciséis?

Se retiró del ejército para vivir en Devon, donde compró una casita, el sueño de su vida. Vecinos agradables y un paraje encantador. De vez en cuando iba a cazar y a pescar. Los domingos asistía a los servicios religiosos, a excepción del día en que el pastor leía el pasaje de la Biblia en donde David envía a Urías a combatir en primera fila. No, aquello era demasiado para él; ese fragmento de la Biblia lo turbaba sobremanera.

Al principio lo trataron con amabilidad. No obstante, después tuvo la impresión de haberse convertido en el centro de las habladurías. Las gentes lo miraban de reojo, como si hubieran dado crédito a algún rumor infame.

¿Armitage? ¿Y si Armitage había hablado?

Evitó relacionarse con la gente y se encerró en sí mismo. Era desagradable tener la sensación de que murmuraban de él. ¡Había pasado tanto tiempo...! En esos momentos, nada tenía sentido. Leslie se desvanecía en un pasado lejano, lo mismo que Richmond. ¡Nada de lo ocurrido parecía ahora tener importancia!

Pero se sentía solo. Esquivaba a los antiguos compañeros del ejército.

Si Armitage había hablado, lo sabrían todo...

Y, esa noche, una voz desconocida había desenterrado aquella vieja historia.

¿Había adoptado la actitud adecuada? ¿Había mantenido la frente bien alta? ¿Había conseguido expresar la justa indignación y disgusto, pero nada de culpa, ninguna inquietud? Resultaba difícil saberlo.

Seguramente ninguno de los invitados había tomado en serio aquella acusación. La voz había proferido toda clase de desfachateces, a cuál más inverosímil. ¿No le había reprochado a aquella encantadora joven haber ahogado a un niño? ¡Tonterías! ¡Un loco que acusaba a los demás a diestro y siniestro!

Emily Brent, la sobrina de su antiguo compañero de armas, Tom Brent, estaba acusada, como él, de homicidio. Saltaba a la vista que esa mujer era una persona piadosa, uña y carne con los párrocos.

¡Qué asunto tan estrafalario! Todo le parecía una locura desde que habían llegado a la isla. ¿Cuándo había sido? ¡Diablos, esa misma tarde! Parecía que había transcurrido mucho más tiempo.

«¿Cuándo podremos abandonar la isla?», se preguntó el general.

Al día siguiente, en cuanto llegara la barca.

Le resultaba curioso, pero en ese momento no deseaba irse de la isla, volver a tierra firme, a su hogar y a sus problemas. Por la ventana abierta le llegaba el ruido de las olas que rompían en el acantilado, más intenso que al caer la tarde, mientras el viento arreciaba.

«Un ruido pacífico. Un paisaje apacible... —pensó—. La ventaja de una isla consiste en la imposibilidad que tiene el viajero de ir más lejos, como si hubiera llegado al fin del mundo...»

De repente se dio cuenta de que no deseaba en modo alguno abandonar aquella isla.

VI

Tendida en la cama, con los ojos abiertos, Vera Claythorne miraba fijamente al techo.

Le asustaba la oscuridad y había decidido no apagar la lámpara de la mesilla.

«Hugo. Hugo... —pensaba—. ¿Por qué te siento tan cerca de mí esta noche? Muy cerca... ¿Dónde estará? No lo sé. Jamás lo sabré. ¡Desapareció de mi vida tan bruscamente!»

Era inútil intentar olvidar a Hugo. Lo sentía cerca de ella. Tenía que pensar en él y recordar...

Cornualles, las rocas negras, la arena amarillenta y fina. La buena de la señora Hamilton. Cyril cogido de su mano mientras lloriqueaba.

—Quiero nadar hasta las rocas, señorita Claythorne. ¿Por qué no me deja ir hasta allí?

Responder a la mirada de Hugo. Las veladas cuando el niño dormía...

—Venga conmigo, señorita Claythorne, demos un paseo.

—Si usted quiere...

El decoroso paseo por la playa, a la luz de la luna. La brisa suave del Atlántico. El abrazo de Hugo.

—La amo. La amo. ¿Sabe que la amo, Vera?

Ella lo sabía, o al menos creía saberlo.

—No me atrevo a pedir su mano, no tengo dinero, apenas el suficiente para malvivir. Sin embargo, durante tres meses tuve la esperanza de llegar a ser rico. Cyril no nació hasta tres meses después de la muerte de Maurice. Si hubiese sido una niña...

Si hubiese sido una niña, Hugo lo habría heredado todo. Tuvo una gran decepción.

—Es cierto que no me hacía muchas ilusiones; pero fue un duro golpe para mí. ¡Qué se le va a hacer, es cuestión de suerte! Cyril es un niño encantador. Lo quiero mucho.

Esa era la pura verdad. Hugo adoraba al niño y se prestaba a todos los caprichos de su sobrino. No era rencoroso.

Cyril era de constitución débil, de escasa fortaleza física; seguramente no llegaría a adulto.

¿Y entonces...?

—Señorita Claythorne, ¿por qué no me deja nadar hasta las rocas?

Siempre esa insistente y exasperante cuestión.

—Están muy lejos, Cyril.

—Ande, déjeme...

Vera saltó de la cama, sacó del cajón del tocador tres aspirinas y se las tomó.

«¡Si tuviera un somnífero...! —pensó—. Si quisiera quitarme la vida, tomaría veronal o algo parecido, pero no cianuro.»

Se estremeció al pensar en la cara descompuesta y amoratada de Anthony Marston. Al pasar por delante de la chimenea, miró los versos enmarcados.

Diez soldaditos se fueron a cenar.
Uno se ahogó y quedaron: nueve.

«¡Es horrible! Exactamente lo que ha pasado esta noche», se dijo. ¿Por qué Anthony Marston querría morir?

Ella no deseaba morir. Le resultaba una idea inimaginable.

La muerte era para los demás.

Capítulo 6

I

El doctor Armstrong dormía. En sus sueños se hallaba en el quirófano y hacía mucho calor... La temperatura era excesiva. Tenía el rostro perlado de sudor y las manos pegajosas. Le resultaba difícil sujetar el bisturí con firmeza; estaba demasiado afilado.

Era muy sencillo cometer un asesinato con una hoja tan afilada. Y, desde luego, él estaba cometiendo un asesinato.

El cuerpo de la mujer parecía diferente. Ya no era un cuerpo pesado, difícil de mover, sino magro y enjuto, cuyo rostro se hallaba oculto a sus ojos.

¿A quién tenía que matar?

No lo recordaba bien. No obstante, tenía que saberlo. ¿Debía preguntárselo a la hermana?

La hermana lo observaba. No, no podía preguntárselo. Desconfiaba de él.

Y ¿quién era la persona que se hallaba tendida en la mesa de operaciones? ¿Por qué le habían tapado la cara?

¡Si al menos pudiera verle el rostro...!

¡Ah! Eso ya estaba mejor. Una joven enfermera en prácticas retiró el pañuelo que le cubría la cara.

Era Emily Brent, por supuesto. Tenía que matar a Emily Brent. ¡Qué ojos tan maliciosos! Estaba moviendo los labios. ¿Qué decía?

«En plena vida pertenecemos a la muerte...»

Ahora se reía. No, enfermera; no le tape la cara otra vez. Tengo que verla. Tengo que anestesiarla. ¿Dónde está el éter? ¡Lo traje conmigo! ¿Qué ha hecho con el éter, hermana? ¿Châteauneuf-du-Pape? Sí, con esto me las arreglaré.

Retire el pañuelo, enfermera.

¡Desde luego! ¡Ya me lo parecía! ¡Es Anthony Marston! Tiene el rostro amoratado y convulso. Pero no está muerto, se ríe. ¡Se está riendo! Sacude la mesa de operaciones...

¡Cuidado, hombre, cuidado! ¡Enfermera, sujételo bien!

El doctor Armstrong se despertó sobresaltado. Ya era de día y el sol entraba a raudales en la habitación. Alguien inclinado sobre él lo sacudía por los hombros.

Era Rogers, que lo llamaba con el rostro lívido:

—¡Doctor! ¡Doctor!

Armstrong se despertó de golpe y se sentó en la cama.

—¿Qué pasa? —preguntó con voz firme.

—Se trata de mi mujer, doctor, no puedo despertarla. ¡Dios mío! No puedo despertarla, me parece que no se encuentra bien, doctor...

El médico reaccionó con rapidez y eficiencia. Se puso la bata y siguió a Rogers.

Se inclinó sobre la mujer que yacía plácidamente de

costado en la cama. Le cogió una mano helada y le levantó los párpados. Transcurrieron unos minutos. Por fin, Armstrong se enderezó y, lentamente, se alejó de la cama.

—¿Ha...? ¿Es que...? —balbuceó Rogers.

Se humedeció los labios con la punta de la lengua.

Armstrong asintió con la cabeza.

—Sí. Está muerta.

Pensativo, observó al hombre que tenía delante. Después miró la mesilla de noche, el lavamanos y, otra vez, a la mujer inerte.

—¿Ha sido..., ha sido el corazón, doctor? —preguntó Rogers.

Armstrong dudó unos instantes antes de hablar.

—¿Su mujer gozaba de buena salud?

—Tenía reumatismo.

—¿La ha visitado últimamente algún médico?

—¿Un médico? Hace muchos años que no nos visita un médico, ni a mi mujer ni a mí.

—Entonces, no tiene motivos para suponer que padecía del corazón.

—No, doctor.

—¿Dormía bien?

Los ojos del criado evitaron la mirada del médico. Se retorcía las manos.

—En realidad no dormía bien... —susurró—. No...

—¿Tomaba algo para dormir?

Rogers pareció sorprendido.

—¿Para dormir? Que yo sepa, no; estoy casi seguro.

Armstrong volvió al lavamanos, donde había muchos frascos: loción capilar, colonia, cáscara sagrada, glicerina para las manos, colutorio, pasta dentífrica y una pomada para el reuma.

Rogers le ayudó a abrir los cajones del tocador y los de la cómoda, pero no encontraron ningún jarabe ni somníferos.

—Lo único que tomó anoche fue la medicina que usted le dio, doctor —dijo Rogers.

II

A las nueve, cuando el gong anunció el desayuno, los invitados ya estaban levantados y aguardaban la llamada para bajar al comedor.

El general Macarthur y el juez Wargrave habían estado paseando por la terraza, entretenidos en discutir sin mucho entusiasmo sobre asuntos políticos.

Vera Claythorne y Philip Lombard habían subido al punto más elevado de la isla, detrás de la casa. Allí descubrieron a William Henry Blore, con la vista fija en tierra firme.

—Ninguna embarcación a la vista. Llevo rato vigilando —dijo.

—En Devon las sábanas se pegan y el día comienza muy tarde —comentó Vera con una sonrisa.

Lombard miraba en la otra dirección, hacia el mar.

—¿Qué opina del tiempo? —preguntó de repente.

—Creo que hará un buen día —respondió Blore, elevando la vista hacia el cielo.

Lombard lanzó un silbido.

—Antes de que anochezca tendremos viento —declaró.

—¿Chubascos? —preguntó Blore.

Desde abajo les llegó el sonido del gong.

—Vamos a desayunar, me vendrá bien —dijo Lombard.

—No salgo de mi asombro... —empezó a decir Blore a Lombard con inquietud mientras bajaban de la cuesta—. ¿Qué motivos tenía el joven Marston para suicidarse? Esa pregunta ha estado atormentándome toda la noche.

Vera iba unos pasos por delante. Lombard se demoró.

—¿Alguna teoría alternativa? —preguntó.

—Me harían falta pruebas, un móvil. Ese joven debía de tener dinero.

Emily Brent salió por la puertaventana del salón y fue a su encuentro.

—¿Ha llegado la embarcación?

—Todavía no —le respondió Vera.

Entraron en el comedor. Sobre el aparador había una inmensa fuente con beicon y huevos, té y café.

Rogers, que les había abierto la puerta, salió del salón y cerró desde el exterior.

—Este hombre parece enfermo —observó la señorita Brent.

El doctor Armstrong, de pie junto a la vidriera, carraspeó.

—Tendrán que ser indulgentes con él esta mañana —dijo—. Rogers ha tenido que preparar él solo el desayuno. Su esposa no ha podido encargarse de ello.

—¿Qué le pasa a esa mujer? —preguntó la señorita Brent con aspereza.

—Desayunemos —indicó el doctor Armstrong como si no hubiera oído la pregunta—. Los huevos se van a enfriar. Después quiero comentarles algunos asuntos.

Todos siguieron su consejo. Se sirvieron el desayuno y empezaron a comer. De común acuerdo, se abstuvieron de hacer la menor alusión a la isla del Soldado. Y se entabló una conversación frívola sobre deporte, las últimas novedades del extranjero y la reaparición del monstruo del lago Ness.

Luego, después de recoger la mesa, el doctor Armstrong retiró su silla, se aclaró la voz dándose aires de importancia y tomó la palabra.

—He creído preferible esperar a que desayunaran para informarles de una nueva tragedia. La mujer de Rogers ha muerto mientras dormía.

Todos se sobresaltaron.

—¡Eso es horrible! —exclamó Vera—. Dos muertes en esta isla desde ayer...

Al juez Wargrave se le empequeñecieron los ojos y en un tono de voz preciso comentó:

—¡Hum! Asombroso. ¿Cuál es la causa de la muerte?

Armstrong se encogió de hombros.

—Es imposible dar un diagnóstico a primera vista.

—¿Le practicará la autopsia?

—Por supuesto; no puedo extender un certificado de defunción sin conocer las causas de su muerte y, además, desconozco su estado de salud.

—Ayer estaba muy nerviosa —declaró Vera—. Por la noche sufrió una conmoción; creo que debió de morir de un ataque cardíaco.

—Es cierto, el corazón le falló... —replicó el médico secamente—. Pero ¿qué fue lo que provocó el ataque? Esa es la cuestión.

Dos palabras escaparon entonces de los labios de Emily Brent, lo que dejó una sensación desagradable a todos los presentes:

—¡Su conciencia!

Armstrong se volvió hacia ella.

—¿Qué insinúa, señorita Brent?

—Todos lo oímos —repuso ella con los labios fruncidos—; ella y su marido fueron acusados de haber matado a sangre fría a su antigua señora, una anciana.

—Entonces ¿cree...?

—Creo que esa acusación es cierta. Anoche, todos nosotros vimos cómo se desvanecía al no poder soportar el recuerdo de su fechoría. Ha muerto de miedo.

El doctor Armstrong manifestó sus dudas negando con la cabeza.

—Su hipótesis es creíble, pero no puede aceptarse sin conocer con exactitud el estado de salud de esa mujer o si padecía una enfermedad cardíaca.

—Llámelo castigo del cielo si lo prefiere —añadió Emily Brent en voz baja.

Los allí presentes se mostraron escandalizados.

—Señorita Brent —replicó Blore inquieto—, está llevando las cosas demasiado lejos.

Ella lo miró con ojos brillantes y alzó la barbilla antes de preguntar:

—¿Creen imposible que un pecador sea castigado por la cólera divina? ¡Yo no!

—Estimada señorita —murmuró el juez con ironía, acariciándose el mentón—, la experiencia me ha enseñado que la providencia nos deja a nosotros, los mortales, la misión de condenar y castigar a los culpables. En numerosas ocasiones, nuestra tarea está plagada de escollos, y la búsqueda de la verdad carece de atajos.

La señorita Brent alzó los hombros con incredulidad.

—¿Qué cenó anoche y qué tomó después de acostarse? —preguntó Blore.

—Nada —respondió el médico.

—¿No tomó nada? ¿Ni siquiera una taza de té o un

vaso de agua? Apostaría a que bebió una taza de té; es el remedio habitual de esta gente.

—Rogers afirma que no tomó nada.

—¡Claro! Puede decir lo que quiera —replicó Blore de un modo tan elocuente que el médico lo miró con fijeza.

—Entonces ¿esa es su opinión? —preguntó Philip Lombard.

—¿Y por qué no? —añadió Blore, a la defensiva—. Anoche todos escuchamos su acusación. Tal vez se trate solamente de la broma de un loco, pero ¡quién sabe! Supongamos por un momento que sea cierto que Rogers y su mujer dejaran morir a la anciana; ellos se creían a salvo de toda sospecha y se felicitaban por su buena suerte...

—La señora Rogers no parecía sentirse a salvo —lo interrumpió Vera en voz baja.

Ligeramente enfadado por la interrupción, Blore miró a la joven como si quisiera decirle «todas las mujeres son iguales» y luego prosiguió:

—Puede que no. De todas formas, ni Rogers ni su esposa creían estar en peligro hasta anoche, cuando se descubrió el pastel. ¿Qué pasó entonces? La mujer se desmayó y perdió el conocimiento. ¿Se fijaron ustedes en el cuidado que tuvo su marido en no dejarla sola cuando volvió en sí? Había algo más que amor conyugal. ¡Ya lo creo! Estaba como gato sobre ascuas. Temía que revelara sus secretos.

»Los dos cometen un crimen y él teme que la mujer se delate; cree que no tiene valor para seguir mintiendo hasta el final, lo que constituye un peligro para él; así que Rogers, capaz de fingir toda su vida, no se fía de su mujer. Si ella confiesa, él corre el riesgo de morir en la horca. ¿Por qué no poner un veneno en la taza de té y cerrar para siempre la boca de su mujer?

—¡Pero si no había ninguna taza vacía en el cuarto! Yo mismo lo comprobé —objetó el médico.

—Por supuesto que no la encontró —aseguró Blore—. En cuanto tomó el brebaje, lo primero que hizo él fue llevarse la taza y el plato y lavarlos.

Hubo una pausa. El general Macarthur comentó al cabo sin mucha convicción:

—Me parece imposible que un hombre pueda obrar así con su esposa.

Blore soltó una carcajada.

—Cuando un hombre siente que su vida peligra, el cariño queda relegado a un segundo plano —respondió.

Los allí presentes guardaron silencio y, antes de que alguno de ellos volviera a tomar la palabra, la puerta se abrió y entró Rogers.

—¿Desean algo más? —preguntó.

El juez Wargrave se agitó en su silla.

—¿A qué hora suele llegar la embarcación? —preguntó.

—De siete a ocho, señor. A veces, pasadas las ocho. Me pregunto qué le habrá pasado a Fred Narracott. Si estuviera enfermo, habría enviado a su hermano.

—¿Qué hora es? —quiso saber Lombard.

—Las diez menos diez, señor.

Philip Lombard levantó las cejas y sacudió ligeramente la cabeza.

Rogers aguardó un par de minutos.

Bruscamente, el general se dirigió entonces a él:

—Siento mucho lo ocurrido a su mujer. El doctor acaba de contárnoslo.

Rogers inclinó la cabeza.

—Sí, señor. Gracias, señor.

Recogió la fuente vacía y salió del comedor.

De nuevo se hizo el silencio.

III

Fuera, en la terraza, Philip Lombard dijo:

—En cuanto a esa barca...

Blore lo miró y asintió.

—Adivino sus pensamientos, señor Lombard. También yo me he preguntado lo mismo; hace más de dos horas que Narracott debía estar aquí y aún no ha llegado con su barca. ¿Por qué?

—¿Usted encuentra una explicación?

—No se trata de una casualidad, eso es lo que pienso. Creo que esto forma parte de un plan. Todo está muy bien atado.

—Entonces ¿cree que no vendrá? —preguntó Lombard.

—La embarcación no vendrá —dijo tras ellos una voz impaciente.

Blore ladeó ligeramente sus hombros cuadrados y observó pensativo al hombre que acababa de hablar.

—¿También usted cree que no vendrá, general?

—Estoy absolutamente seguro de que no vendrá; todos contábamos con esa embarcación para abandonar la isla. Ese es el objetivo de todo este asunto. No saldremos de esta isla. Ninguno de nosotros saldrá de aquí. Este es el final. ¿Me comprenden? ¡El final!

Vaciló durante unos segundos antes de proseguir con su discurso.

—Disfrutemos de la paz... —dijo con voz extraña—.

De la paz duradera..., llegaremos al final del viaje, no más inquietudes, la paz...

Dio media vuelta y se alejó por la terraza hacia la pendiente que conducía al mar, en el extremo de la isla donde las rocas sueltas caían al agua. Andaba con paso vacilante, como si estuviera adormecido.

—Uno que ya está medio loco —comentó Blore—. Creo que todos vamos a perder la chaveta.

—Menos usted —intervino Lombard.

—Hace falta mucho más para que pierda el juicio —se rio el detective—; apuesto a que tampoco usted va a volverse loco, Lombard.

—De momento estoy muy cuerdo, gracias.

IV

El doctor Armstrong salió a la terraza. Durante unos segundos dudó acerca de qué camino tomar. A su izquierda se encontraban Blore y Lombard; a la derecha, Wargrave paseaba meditabundo.

En el instante en que, tras decidirse, Armstrong se dirigía hacia el lugar donde se hallaba el juez, Rogers salió de la casa apresuradamente.

—Doctor, ¿podría hablar con usted un momento?

Armstrong se volvió y se sorprendió al ver el rostro amarillento del criado y sus manos temblorosas. El contraste entre la reserva habitual de Rogers y el nerviosismo que destilaba en esos momentos era tan chocante que el médico se quedó estupefacto.

—Doctor —insistió—, necesito hablar con usted enseguida. ¿Desea que entremos en la casa?

El médico dio media vuelta y entró de nuevo en la mansión, esta vez junto al inquieto criado.

—¿Qué sucede, Rogers? Tranquilícese.

—Venga por aquí, doctor.

Abrió la puerta del comedor, dejó que el médico entrara primero, y luego cerró la puerta tras de sí.

—Bueno, ¿qué es lo que pasa?

Rogers empezó a tragar saliva compulsivamente mientras los músculos de su cuello se tensaban cada vez más.

—Señor, están pasando cosas muy raras que no entiendo.

—¿Cosas? ¿Qué cosas? —lo interrumpió el médico.

—Creerá que estoy loco, señor. Y dirá que no tienen importancia. Pero es necesario averiguar cómo ha ocurrido, porque yo no me lo explico.

—¿Quiere decirme de una vez por todas de qué se trata? No me gustan las adivinanzas.

Rogers volvió a tragar saliva.

—Se trata de las figuritas de porcelana que están encima de la mesa. Había diez; le juro que había diez.

—Es cierto, las contamos ayer a la hora de la cena.

Rogers se acercó al doctor antes de proseguir.

—Anoche, cuando quité la mesa, solo había nueve. Me pareció raro, pero no le di importancia. Y esta mañana, al poner los cubiertos para el desayuno, no me di cuenta, estaba tan consternado... Pero hace unos momentos he vuelto a entrar para retirar el servicio. Cuéntelas usted mismo si no me cree; solo hay ocho. ¿No es del todo incomprensible, señor? ¡Solamente ocho!

Capítulo 7

I

Después del desayuno, Emily Brent invitó a Vera a subir a la parte más alta de la isla para vigilar la llegada de la embarcación. La joven aceptó.

El viento era más fresco. El mar estaba cubierto de crestas de espuma. No se veía ninguna barca de pesca... y no había el menor rastro de la lancha motora.

No se divisaba el pueblo de Sticklehaven, solamente la montaña que se levantaba por encima de él, una masa rocosa rojiza que ocultaba la pequeña bahía.

—Me pareció que el hombre que nos trajo ayer era bastante formal —manifestó la señorita Brent—. Es muy raro que se retrase tanto esta mañana.

Vera no respondió; trataba de contener el pánico. «Debes mantener la sangre fría —se dijo furiosa—. Esto no es propio de ti. Siempre has sabido controlarte.»

Al cabo de un instante, declaró en voz alta:

—Me gustaría que viniera ahora mismo. Quiero irme de aquí enseguida.

—Todos deseamos irnos —apostilló la señorita Brent.

—¡Todo esto es tan extraño...! No parece tener ningún sentido.

—Estoy enojada conmigo misma por haberme dejado engañar tan fácilmente —confesó la señorita Brent—. Vista en perspectiva, la carta que recibí era una absurdidad. A pesar de ello, no sospeché de su veracidad en ningún momento.

—Supongo que no —murmuró Vera distraída.

—Siempre damos por sentado demasiadas cosas —dijo Emily Brent.

—¿Está plenamente convencida de lo que dijo durante el desayuno? —preguntó Vera después de un largo suspiro.

—Sea un poco más precisa, querida. ¿A qué se refiere?

—¿Cree que Rogers y su mujer mataron a su señora? —añadió la joven en voz baja.

La señorita Brent miró el mar con detenimiento antes de responder.

—Estoy plenamente convencida. ¿Qué opina usted?

—No sé qué pensar.

—Todo parece confirmar la idea. La forma en que se desmayó la mujer en el momento en que su marido dejaba caer la bandeja con el servicio del café. Recuérdelo. Después, las explicaciones de Rogers; no sonaron muy convincentes. ¡Oh, sí, me temo que sí cometieron ese asesinato!

—La pobre mujer parecía tener miedo de su sombra —declaró Vera—. Jamás he visto una mujer tan aterrorizada. Debía de estar atormentada por...

—Recuerdo un texto que había en un marco colgado

en mi cuarto cuando era niña —murmuró la señorita Brent—: «Ten por seguro que tus pecados te alcanzarán». Es la mayor verdad. Ten por seguro que tus pecados te alcanzarán.

Vera, que estaba sentada en una roca, se levantó precipitadamente.

—Pero señorita Brent, señorita Brent..., en ese caso...

—¿Qué, querida?

—¿Qué me dice usted de los otros?

—No la comprendo.

—El resto de las acusaciones eran falsas. Pero si la voz decía la verdad en lo referente a Rogers...

Vera se interrumpió, incapaz de poner en orden el caos de sus pensamientos.

La expresión del rostro de la señorita Brent se serenó al responder.

—¡Ah! Ya veo adónde quiere ir a parar. Tomemos, por ejemplo, la acusación contra Lombard. Admitió que había abandonado a la muerte a veinte hombres.

—No eran más que nativos —señaló Vera.

—Blancos o negros, son nuestros hermanos —replicó indignada la señorita Brent.

«Nuestros hermanos, nuestros hermanos negros —pensó Vera—. Me dan ganas de reír. Estoy histérica. No me reconozco.»

—Naturalmente —prosiguió la señorita Brent—, el resto de las acusaciones eran exageradas y ridículas. Como la referente al juez Wargrave, quien no hizo más que cumplir con su deber, al igual que la del exdetective de Scotland Yard... o la acusación lanzada contra mi persona.

Tras una breve pausa continuó:

—En vista de las circunstancias, preferí no contar nada anoche. Me dolía tener que hacerlo delante de esos señores.

—¿En serio?

Vera escuchaba atentamente y la señorita Brent decidió explicarse.

—Beatrice Taylor era mi criada. No era una buena chica, pero lo descubrí demasiado tarde; me desilusionó mucho. Tenía buenos modales, y era voluntariosa y servicial. Estaba muy contenta con ella. ¡No era más que una hipócrita! Una chica fácil, carente de moral. Una criatura espantosa. Pasaron algunos meses hasta que descubrí que, como lo llaman ahora, estaba en un apuro. —Se calló unos momentos y arrugó la nariz en una mueca de disgusto—. Fue una gran sorpresa para mí. Sus padres eran personas decentes que la habían educado estrictamente. Me alegra decir que no le perdonaron su conducta.

Vera observaba a la señorita Brent con gran atención.

—¿Qué sucedió?

—Pues que no la tuve ni una hora más bajo mi techo. Nadie podrá reprocharme que haya disculpado nunca cualquier conducta inmoral.

Vera bajó la voz e insistió:

—Pero ¿qué le pasó?

—Esa inmunda criatura, no satisfecha de tener sobre su conciencia un pecado, cometió otro más grande aún: se suicidó.

—¡Se mató! —exclamó la joven horrorizada.

—Sí, se arrojó al río.

Temblorosa, Vera estudió el delicado perfil de la señorita Brent.

—¿Qué sintió al saber lo que había hecho? —preguntó—. ¿No lo lamentó? ¿No se reprochó su conducta?

—¿Yo? No tenía nada que reprocharme.

—Su severidad la empujó a ello.

—Fue víctima de su propio pecado —replicó la señorita Brent con terquedad—. Si se hubiera comportado como una joven honesta, nada de eso habría ocurrido.

Volvió la cabeza hacia Vera. En sus ojos no había arrepentimiento ni inquietud. Solo se reflejaba en ellos la imagen de una conciencia pía e implacable. Emily Brent se hallaba sentada en la cima de la isla del Soldado, protegida por una armadura de virtudes.

Aquella vieja solterona dejó de parecer ridícula a los ojos de Vera.

Y de repente... le pareció horrible.

II

El doctor Armstrong volvió a salir a la terraza. En ese momento, el juez estaba sentado en un butacón y paseaba su mirada por el mar.

Lombard y Blore, a su izquierda, fumaban en silencio.

El médico dudó un instante. Su mirada pensativa se posó en el magistrado. Necesitaba un consejo. Pese a que apreciaba la lógica y la lucidez del juez Wargrave, no se atrevía a dirigirse a él. Puede que el juez poseyera una mente extraordinaria, pero era un anciano. Armstrong precisaba los consejos de un hombre de acción, así que obró en consecuencia.

—Lombard, ¿puede venir un minuto? Tengo que hablar con usted.

Philip se sobresaltó.

—Con mucho gusto.

Los dos hombres abandonaron la terraza y descendieron por la cuesta que conducía al mar. Cuando consideró que nadie podía oírlos, Armstrong dijo:

—Quería hacerle una consulta.

Lombard levantó las cejas y exclamó:

—Pero, querido amigo, ¡si yo no sé nada de medicina!

—No. Se trata de nuestra actual situación.

—Ah, eso es diferente.

—Quiero que me diga con franqueza lo que piensa.

Lombard reflexionó un instante.

—Lo cierto es que es sugerente, ¿no cree?

—¿Cuál es su opinión sobre la muerte de esa mujer? ¿Acepta la explicación de Blore?

Philip lanzó al aire una bocanada de humo.

—Es factible si se considera aisladamente —objetó.

—Exacto.

Armstrong se sintió satisfecho al descubrir que había consultado a un hombre sensato.

—Si admitimos la premisa de que los Rogers consiguieron cometer un crimen y salir impunes. Y ¿por qué no? ¿Cómo cree que lo hicieron? ¿Envenenaron a la anciana dama?

El médico respondió midiendo sus palabras.

—Las cosas pueden ser aún más sencillas. Esta mañana le pregunté a Rogers qué enfermedad sufría la señorita Brady. Su respuesta fue esclarecedora. Sería inútil perderse en largas consideraciones médicas, pero en varias enfermedades cardíacas se emplea como medicamento el nitrito de amilo. En el momento de la crisis se rompe una ampolla de este producto y se le hace inhalar al enfermo. Si no se administra nitrito de amilo, las consecuencias pueden ser fatales.

—¡Qué sencillo! La tentación debió de ser demasiado fuerte —comentó Philip Lombard pensativo.

—Sí —asintió el médico—, solo se precisa mantener una actitud pasiva. Nada de arsénico. ¡Simplemente se ha de ser capaz de no hacer nada! Después, Rogers corrió a buscar a un médico en plena noche, y ambos se convencieron de que nadie sospecharía nada.

—Y aunque hubieran sospechado, no había pruebas contra ellos —añadió Philip Lombard.

De pronto frunció el ceño.

—Evidentemente, eso explicaría muchas cosas —añadió.

—¿Cómo dice? —preguntó Armstrong sorprendido.

—Explicaría lo sucedido en la isla del Soldado. Algunos crímenes escapan de la justicia humana. Por ejemplo: el de los Rogers. Otro ejemplo, el viejo juez Wargrave, que cometió un crimen dentro de los límites de la ley.

—¿Cree usted esa historia?

—Jamás he dudado de su veracidad —añadió Lombard sonriendo—. Wargrave es culpable de la muerte de Seton, aunque no le clavara un puñal en el corazón. Pero tuvo el acierto de hacerlo desde un sillón de magistrado, ataviado con peluca y toga. Desde luego, nadie podría imputarle ese crimen siguiendo los procedimientos ordinarios.

Un rayo de luz cruzó el cerebro del doctor Armstrong. «¡Muerte en el hospital! ¡Muerte en el quirófano! ¡La justicia es impotente en tales actos!»

—¡De ahí..., señor Owen! —murmuró Lombard—. ¡De ahí..., la isla del Soldado!

Armstrong inspiró profundamente.

—¡Ahora llegamos al meollo del asunto! ¿Cuál es el verdadero propósito para traernos aquí?

—¿Se le ocurre alguno? —preguntó Lombard.

—Volvamos un instante a la muerte de esa mujer. ¿Qué teorías se nos presentan? Primera: su marido la ha matado por miedo a que divulgara su secreto. Segunda posibilidad: ella se acobarda y decide poner fin a sus días.

—¿Un suicidio? —inquirió Lombard.

—¿Qué le parece?

—Admitiría esa segunda hipótesis si Marston no hubiera muerto. Dos suicidios en doce horas me parecen una coincidencia demasiado forzada. Si pretende que un joven agresivo y con poco cerebro como Marston haya puesto fin voluntariamente a sus días por haber atropellado a dos niños, ¡es para echarse a reír! Además, ¿cómo se hizo con el veneno? El cianuro no es algo que se lleve en el bolsillo del chaleco. Pero en eso es usted mejor juez que yo.

—Nadie que esté en sus cabales se pasea con cianuro potásico en el bolsillo —respondió Armstrong—. Ese veneno lo ha traído alguien que quería destruir un nido de avispas.

—¿El apasionado jardinero o el propietario de la finca? En todo caso, no Anthony Marston. Creo que el asunto del cianuro precisa de un examen más exhaustivo. O bien Marston tenía la intención de matarse antes de venir aquí y vino preparado, o bien...

—O bien... —insistió Armstrong.

Lombard sonrió.

—¿Por qué quiere que sea yo quien lo diga? Usted piensa lo mismo: Anthony Marston ha sido asesinado.

III

—¿Y la señora Rogers? —insistió suspirando el doctor Armstrong.

—Con ciertas reservas, creería en el suicidio de Marston si no fuera por la muerte de la esposa de Rogers. Por otra parte, habría admitido, sin dudarlo, el suicidio de la mujer si no hubiera sido por la muerte de Marston. No rechazaría la idea de que Rogers se hubiera desembarazado de su mujer si no fuera por el fin inexplicable de Marston. Lo que necesitamos es encontrar una explicación a esas dos muertes.

—Puede ser que yo lo ayude a aclarar un poco este misterio —dijo Armstrong.

Y le repitió con todo detalle lo que le había dicho Rogers sobre la desaparición de las dos figuritas de porcelana.

—Sí, las estatuillas que representan los diez soldaditos... Anoche, durante la cena, había diez. ¿Y dice usted que solo quedan ocho?

El médico recitó los versos:

Diez soldaditos se fueron a cenar.
Uno se ahogó y quedaron: nueve.
Nueve soldaditos trasnocharon mucho.
Uno no se despertó y quedaron: ocho.

Los dos hombres se miraron. Lombard rio al tiempo que arrojaba la colilla de su cigarrillo.

—Todo concuerda demasiado bien para ser una simple coincidencia. Marston sucumbió a una asfixia o a un ahogo después de cenar, y la señora Rogers se ha olvidado de despertar... porque alguien se lo impidió violentamente.

—¿Y entonces? —preguntó Armstrong.

—Existen otra clase de soldados, aquellos que se esconden: el misterioso señor X... Señor Owen. U. N. Owen. ¡El loco desconocido que anda suelto!

—¡Ah! —exclamó el médico aliviado—. Usted comparte mi opinión. Pero ¿se da cuenta de lo que significa? Rogers aseguró que en esta isla solo estaban los invitados de Owen, aparte de él y su mujer.

—¡Rogers se equivoca! ¡Es posible que mienta!

Armstrong negó con la cabeza.

—Rogers no miente. Está tan asustado que casi ha perdido la razón.

—Esta mañana no ha venido la barca —observó Lombard—, lo que encaja con los planes de Owen. Este lugar quedará aislado hasta que el señor Owen lleve a cabo todos sus planes.

El médico palideció.

—Ese hombre debe de estar loco de remate.

—El señor Owen ha olvidado un pequeño detalle... —repuso Lombard con una nueva entonación en su voz.

—¿Cuál?

—Esta isla no es más que una roca desnuda. La exploraremos de arriba abajo y descubriremos al señor U. N. Owen.

—Puede ser peligroso —le advirtió el doctor Armstrong.

Lombard se echó a reír.

—¿Peligroso? ¿Quién teme al lobo feroz? Seré yo quien me convierta en un ser peligroso en cuanto le ponga la mano encima.

Después de una pausa añadió:

—Le pediremos a Blore que nos ayude. Puede servirnos en un momento de apuro. En cuanto a las mujeres, es mejor no decirles nada. Y respecto a los otros, creo que el general es demasiado mayor, y el juez, un maestro del descanso. ¡Nosotros tres nos encargaremos de la tarea!

Capítulo 8

I

Blore se dejó convencer enseguida y se mostró de acuerdo con sus argumentos.

—Lo que acaba usted de contarme sobre las figuras de porcelana lo cambia todo. Desde luego, esto es obra de un loco. ¿No pensará usted que nuestro señor Owen tiene intención de realizar su labor por mediación de un tercero?

—¡Explíquese! —le rogó el médico.

—Anoche, después de escuchar las acusaciones vertidas por el gramófono, Marston tuvo miedo y se envenenó. ¡Rogers también se puso nervioso y liquidó a su mujer! Todo según el plan de U. N. O.

Armstrong negó con la cabeza e insistió en lo del cianuro. Blore estuvo de acuerdo.

—Sí, lo había olvidado. No es habitual andar de aquí para allá con un frasco de veneno. Pero, entonces, ¿cómo llegó el veneno a la copa de Marston?

—He reflexionado al respecto —dijo Lombard—. Anoche, Marston se tomó unas cuantas copas. Pero transcurrió un prolongado intervalo de tiempo entre la última y la anterior. En ese intervalo, su copa estaba sobre la mesa. No estoy seguro, pero creo que estaba en la mesita cercana a la ventana abierta. Alguien, desde fuera, pudo verter el cianuro en la copa.

—¿Sin que nadie lo viera? —inquirió Blore incrédulo.

—Teníamos la mente puesta en otras cosas —respondió Lombard secamente.

—Es cierto —añadió el médico—. Acababan de acusarnos. No cesábamos de dar vueltas por la estancia, discutiendo, indignados, preocupados por nuestros propios asuntos. Creo que puede que se llevara a cabo de esa manera...

Blore se encogió de hombros.

—El hecho es que debió de ocurrir de esa forma —asintió—. No perdamos más tiempo y pongámonos a trabajar. No tendrá alguno de ustedes un revólver, ¿verdad? Supongo que sería pedir demasiado.

—Yo tengo uno —anunció Lombard mientras se palmeaba el bolsillo.

Blore abrió los ojos de par en par.

—Y ¿lo lleva siempre consigo, señor? —le preguntó en un tono que intentaba ser natural.

—Normalmente sí. He estado en muchos lugares peligrosos, ¿sabe usted?

—¡Oh! —exclamó Blore, y añadió—: Puede que no haya estado jamás en un sitio tan peligroso como este. Si en la isla se esconde un loco, probablemente dispondrá de un arsenal, además de un puñal o una daga.

Armstrong tosió.

—Puede ser que esté equivocado, Blore. Muchos lunáticos homicidas son personas tranquilas y amables...

—Sinceramente, doctor —observó Blore—, no creo que el hombre que se oculta en esta isla se incluya en esa categoría.

II

Los tres hombres se dedicaron a explorar la isla.

Fue una labor realmente sencilla. La costa del noroeste estaba cortada a pico. En el resto de la isla no había árboles ni mucha maleza. Los tres recorrieron la isla desde la cima más alta hasta la orilla del mar, y registraron ordenada y escrupulosamente cualquier pequeña fisura que pudiera albergar la entrada de alguna caverna, pero no encontraron ninguna.

Por fin, tras bordear la orilla, llegaron al lugar donde estaba sentado el general Macarthur, ocupado en contemplar el mar. Era un paraje apacible, las olas rompían suavemente contra las rocas. El anciano permanecía sentado con la espalda erguida y la vista clavada en el horizonte.

No reparó en la presencia de los tres hombres, lo que incomodó a alguno de ellos.

«Esa quietud no es natural. Se diría que el hombre está en trance o algo parecido», pensó Blore.

Carraspeó y, para trabar conversación, dijo:

—Señor, ha encontrado usted un rincón precioso para descansar.

El general frunció el entrecejo y echó una mirada rápida por encima del hombro.

—Me queda tan poco tiempo..., tan poco tiempo. Insisto en que no me molesten...

—¡Oh! No queremos molestarlo. Estábamos dando una vuelta por la isla para ver si alguien se escondía en ella. Solo nos preguntábamos si alguien podría ocultarse aquí.

El general volvió a fruncir el entrecejo.

—Ustedes no lo comprenden, no comprenden nada. Les ruego que se retiren.

—Ese hombre se está volviendo loco —confió Blore al reunirse con los otros—. Es inútil hablar con él.

—¿Qué le ha dicho? —preguntó Lombard con curiosidad.

Blore se encogió de hombros.

—Que no le quedaba mucho tiempo y que no quería que lo molestaran.

El médico murmuró alarmado:

—A saber si ahora...

III

Los tres hombres dieron por concluida la búsqueda. Se hallaban en la cima de la isla y miraban hacia tierra firme oteando el horizonte. Ninguna embarcación a la vista. Hacía bastante fresco.

—Las barcas pesqueras no han salido —dijo Lombard—. Se avecina tormenta. Lástima que desde aquí no se divise el pueblo; al menos podríamos hacerles señales.

—Podríamos encender una gran fogata esta noche —sugirió Blore.

—Lo endiablado del caso es que probablemente todo esté previsto —respondió Lombard.

—¿Cómo?

—¡Qué sé yo! Todo esto no es más que una broma pesada. Nos han abandonado en esta isla. Nadie prestará atención a nuestras señales. Puede que le hayan dicho a la gente del pueblo que se trata de una apuesta. ¡O cualquier otra maldita historia!

—¿Cree que se tragarían ese cuento? —cuestionó Blore un tanto escéptico.

—La verdad resulta aún más inverosímil. Si les hubieran dicho que la isla debía quedar incomunicada hasta que su desconocido propietario, el tal Owen, hubiera ejecutado tranquilamente a todos sus invitados, ¿cree que lo habrían creído?

—Hay momentos en que ni yo mismo lo creo —repuso Armstrong—. Sin embargo...

Los labios de Lombard se torcieron en una mueca.

—Sin embargo..., ¡eso es! ¡Usted lo ha dicho, doctor!

Blore seguía con la vista clavada en el mar.

—Nadie ha podido subir por aquí, supongo —dijo.

Armstrong negó con la cabeza.

—Lo dudo, es un terreno muy escarpado. Además, ¿dónde se oculta?

—Puede que haya una cueva escondida en el acantilado —apuntó Blore—. Si tuviéramos una barca, podríamos bordear la isla y descubrirla.

—Si tuviéramos una barca, estaríamos a medio camino de la costa —replicó Lombard.

—Muy cierto, señor.

—Tenemos que descartar el acantilado —dijo Lombard—. No existe más que un lugar, allá abajo, a la derecha, donde podría haber un escondrijo. Si encontramos una cuerda, podrían bajarme para comprobarlo.

—La idea no es mala —observó Blore—, aunque por el aspecto que tiene, me parece imposible. Iré a ver qué encuentro.

Con paso ligero se dirigió hacia la casa.

Lombard contempló el cielo: las nubes comenzaban a agruparse y la fuerza del viento crecía por momentos. Miró de reojo a Armstrong y dijo:

—Está muy callado, doctor. ¿En qué piensa?

—Me preguntaba si el viejo Macarthur está tan loco como parece.

IV

Vera había estado muy nerviosa toda la mañana; había rehusado la compañía de la señorita Brent con manifiesta repugnancia.

La señorita Brent llevó una silla a un rincón de la casa, resguardado del relente, y se sentó a hacer punto.

Cada vez que Vera pensaba en ella, le parecía ver un rostro pálido, ahogado, con el cabello enredado en las algas marinas. Un rostro en otro tiempo hermoso —quizá demasiado hermoso— que ahora estaba más allá de la piedad o del terror.

Emily Brent, plácida y virtuosa, seguía con su labor.

En la terraza principal, el juez Wargrave estaba encajado en una butaca con la cabeza hundida entre los hombros.

Al mirarlo, Vera se imaginó a un hombre joven, asustado, de cabello rubio y ojos azules, sentado en el banquillo de los acusados: Edward Seton. Y en su mente veía las arrugadas manos del juez poniéndose el birrete negro para pronunciar la sentencia...

Al cabo de un rato, descendió con paso lento hacia el mar. Llegó al extremo de la isla, donde un anciano, sentado, contemplaba el horizonte.

El general Macarthur se revolvió al comprobar que Vera se le acercaba.

Volvió la cabeza con un destello de curiosidad y de aprensión en la mirada. La joven se sobresaltó. El general la miró fijamente durante unos minutos.

«Es extraño. Se diría que sabe...», pensó ella.

—¡Ah, es usted! ¡Ha venido! —dijo el general.

Vera tomó asiento a su lado.

—¿Le gusta estar aquí y contemplar el mar?

El anciano asintió con la cabeza.

—Sí, es muy agradable, y este rincón es bueno para esperar.

—¿Esperar? —repitió la joven—. ¿Qué espera usted?

—El final. Pero usted lo sabe tan bien como yo, ¿no es cierto? Todos esperamos el final.

—¿Qué quiere decir? —le preguntó Vera un tanto inquieta.

—¡Ninguno de nosotros saldrá de esta isla! —respondió el general con voz grave—. Ese es el plan. Pero usted ya lo sabe. Quizá usted no comprenda que es un verdadero alivio.

—¿Un alivio? —repitió Vera sorprendida.

—Sí. Naturalmente, usted es muy joven y aún no lo entiende. ¡Pero ya lo hará! El alivio que se siente al saber que se acaba todo, que no se tendrá que seguir arrastrando una pesada carga. Usted también lo sentirá algún día.

—No lo entiendo —exclamó Vera con voz ronca mientras se retorcía los dedos.

De pronto, tuvo miedo del viejo militar.

—Amaba a Leslie... con locura —comentó el general pensativo.

—¿Leslie era su esposa? —le preguntó ella.

—Sí, mi esposa. Y yo la adoraba. Me sentía muy orgulloso de ella. ¡Era tan hermosa y alegre...!

Guardó silencio durante unos instantes.

—Sí, quería mucho a Leslie. Por eso lo hice.

—¿Quiere decir...?

El general Macarthur asintió lentamente.

—¿Para qué negarlo ahora, ya que vamos a morir todos? Envié a Richmond a la muerte. Supongo que, de algún modo, podría tildarse de un crimen. ¡Es curioso! ¡Un crimen...! ¡Y decir que siempre respeté la ley! Pero entonces no veía las cosas como hoy, y no tuve remordimientos. «Se lo tiene bien merecido», así pensaba yo entonces. Pero luego...

—¿Luego, qué? —insistió Vera.

El anciano inclinó la cabeza. Parecía perplejo y también angustiado.

—No lo sé, no lo sé. Todo cambió. No sé si Leslie adivinó la verdad... No lo creo. ¿Sabe? A partir de entonces se convirtió a mis ojos en una desconocida. Se había ido muy lejos, donde era incapaz de alcanzarla. Luego murió y me quedé solo.

—Solo, solo... —replicó Vera.

El eco de su propia voz le llegó desde las rocas.

—Usted también será feliz cuando le llegue la hora —dijo el general.

Vera se levantó.

—¡No comprendo a qué se refiere! —protestó la joven.

—Lo sé, pequeña, lo sé...

—No; usted no sabe nada.

El general volvió su mirada hacia el mar, olvidándose momentáneamente de la presencia de Vera.

—¿Leslie...? —preguntó con ternura.

V

Cuando Blore volvió de la casa con un rollo de cuerda colgado del brazo, encontró a Armstrong donde lo había dejado, observando las profundidades marinas.

—¿Dónde está Lombard? —le preguntó sin aliento.

—Ha ido a comprobar una de las hipótesis. Estará aquí dentro de unos minutos. Blore, estoy preocupado.

—Todos lo estamos.

El médico hizo un gesto impaciente con la mano.

—Por supuesto, por supuesto, pero usted no me comprende. Estoy preocupado por el viejo general.

—¿Qué le sucede?

Armstrong hizo una mueca.

—¿No buscamos a un loco? ¿Qué piensa usted de Macarthur?

—¿Lo cree capaz de matar? —preguntó Blore incrédulo.

—No debería haberlo dicho así. Ni por asomo. Por supuesto, no soy especialista en enfermedades mentales y no he mantenido ninguna conversación con él. Tampoco he tenido ocasión de estudiarlo desde ese punto de vista.

—Chochea, sí. Pero yo no diría que...

—Tiene razón —lo interrumpió Armstrong, haciendo un esfuerzo por calmarse—. ¡Maldita sea, tiene que haber alguien oculto en la isla! ¡Por ahí viene Lombard!

Ataron la cuerda con fuerza a la cintura de Lombard.

—Trataré de bajar por mis medios, pero si los necesito, daré un tirón a la cuerda.

Durante unos instantes, los dos hombres siguieron su descenso con la mirada.

—¡Es ágil como un mono! —exclamó Blore con voz extraña.

—Debe de haber practicado alpinismo —observó el médico.

—Tal vez.

Tras unos instantes de silencio, el exinspector prosiguió:

—Es un bicho raro. ¿Sabe usted lo que pienso de él?

—Dígame.

—Que no es trigo limpio.

—¿Por qué lo dice? —preguntó Armstrong incrédulo.

Blore resopló.

—No lo sé exactamente —dijo—, pero no me inspira confianza alguna.

—Supongo que habrá llevado una vida llena de aventuras.

—Sí. Pero apostaría a que tiene que guardar en secreto muchas de ellas.

Hubo una pausa. Después, el exinspector le preguntó a Armstrong:

—¿Por casualidad ha traído un revólver, doctor?

—¿Yo? Claro que no. ¿Por qué?

—Y ¿por qué Lombard sí lleva uno consigo?

—Por costumbre, sin duda alguna.

Blore replicó con un resoplido.

De pronto notaron una violenta sacudida en la cuerda y durante unos instantes estuvieron muy ocupados. Al terminar, Blore refunfuñó:

—¡Hay costumbres y costumbres! Que en un país salvaje Lombard lleve un revólver, un saco de dormir, un infiernillo y polvos contra las pulgas no es de extrañar, pero esa costumbre no explicaría que se trasladara aquí con todo ese equipo. Solo en las novelas la gente lleva un revólver como si tal cosa.

El doctor Armstrong sacudió la cabeza perplejo.

Ambos se inclinaron al borde del abismo para observar a Lombard. Este dio por terminada su exploración, y sus compañeros se dieron cuenta de la inutilidad del esfuerzo realizado. A continuación, Lombard subió al borde del acantilado y se secó el sudor de la frente.

—Pues estamos listos —dijo—. Solo queda inspeccionar la casa.

VI

El registro de la casa se llevó a cabo sin problemas. Comenzaron por las dependencias anexas y luego dirigieron su atención al interior. El metro que la señora Rogers guardaba en un cajón de la cocina les sirvió de mucho. Pero la mansión no tenía ningún rincón oculto. La estructura era de estilo moderno, con líneas rectas, que no dejaban lugar alguno para escondrijos. Comenzaron por la planta baja y, cuando subían por la escalera para continuar en el piso de arriba, vieron por la ventana del descansillo a Rogers, que llevaba a la terraza una bandeja con el aperitivo.

—Ese Rogers es un animal de carga. El criado perfecto. Continúa haciendo su trabajo como si no hubiera sucedido nada —señaló Lombard.

—Es un mayordomo de primera clase. ¡Se lo aseguro! —exclamó el médico.

—Y su esposa era una excelente cocinera. La cena de anoche... —intervino Blore.

Entraron en el primer dormitorio. Cinco minutos después estaban otra vez en el descansillo. Allí no se ocultaba nadie. Era imposible esconderse en alguna habitación.

—Aquí hay una escalera —anunció Blore.

—Conduce a las dependencias del servicio —respondió Armstrong.

—Debajo del tejado habrá un espacio para las cisternas y el depósito del agua. Es nuestra mejor oportunidad y la única que nos queda —afirmó Blore.

En ese preciso momento, los tres hombres percibieron un ruido que parecía proceder de arriba, como si alguien caminara cautelosamente.

Armstrong cogió del brazo a Blore, y Lombard impuso silencio.

—¡Chis!... ¡Escuchen!

El ruido se repitió. Alguien se movía con sumo tiento y pasos furtivos.

—Es en el dormitorio donde reposa el cadáver de la señora Rogers —murmuró Armstrong en voz baja.

—Un lugar seguro —apostilló Blore—. No podría haber escogido mejor escondite. ¡Quién pensaría entrar allí! Subamos sin hacer ruido.

Subieron en silencio y se deslizaron por el estrecho pasillo. Se detuvieron ante la puerta del dormitorio y escucharon. Sí, había alguien en la habitación; un débil ruido les llegó desde el interior.

—Vamos —susurró Blore.

Abrió la puerta de golpe y entró precipitadamente seguido de los otros dos.

Los tres se detuvieron a la vez.

¡Rogers se encontraba ante ellos con los brazos cargados de trajes!

VII

Blore fue el primero en recobrar el aliento.

—Perdone, Rogers —se disculpó—, pero hemos oído a alguien que se movía por este cuarto y hemos creído que...

El criado lo interrumpió.

—Les ruego que me perdonen, señores —respondió dirigiéndose al médico—. Estaba recogiendo mis cosas; he pensado que ustedes no tendrían ningún inconveniente en que duerma en una de las habitaciones que hay libres en el piso de abajo, en la más pequeña.

—Por supuesto —respondió Armstrong—. Instálese a su comodidad, Rogers.

El criado evitó mirar el cadáver que yacía en la cama cubierto con una sábana.

—Gracias, señor.

A continuación salió de la estancia cargado con sus pertenencias y bajó al primer piso.

El doctor Armstrong se dirigió hacia la cama, levantó la sábana y examinó el semblante apacible de la difunta. El miedo se había desvanecido de su rostro y ahora reflejaba una expresión impertérrita.

—¡Qué lástima que no tenga mi instrumental aquí! Me habría gustado saber de qué veneno se trataba. —Se volvió hacia los otros dos—. Acabemos con esto. Tengo la impresión de que no encontraremos nada.

Blore se afanaba con los cerrojos de la trampilla que comunicaba con el desván.

—Ese tipo se desliza como una sombra —observó—. Hace solo un par de minutos que estaba en el jardín y ninguno de nosotros lo ha oído subir.

—Por eso creíamos que había algún extraño en esta habitación —repuso Lombard.

Blore desapareció en la oscuridad del desván. Lombard sacó una linterna de su bolsillo y lo siguió.

Cinco minutos después, los tres se encontraban en el descansillo de la escalera cubiertos de polvo y telarañas. Una profunda decepción se leía en sus semblantes.

¡No había nadie más en toda la isla que ellos ocho!

Capítulo 9

I

Lombard habló midiendo las palabras.

—Estábamos equivocados, completamente equivocados. Hemos construido una farsa de supersticiones y fantasías debido a la coincidencia de dos defunciones.

—Sin embargo, usted sabe que esa hipótesis tiene sentido —repuso el doctor Armstrong con voz grave—. ¡Por Dios, soy médico y conozco a los suicidas! Marston no era de los que se quitan la vida voluntariamente.

—¿No podría haber sido un accidente? —preguntó Lombard.

—¡Extraño accidente! —respondió Blore, y añadió después de una pausa—: En cuanto a la mujer...

—¿La señora Rogers?

—Sí, su muerte parece debida a una causa accidental.

—¡Accidental! ¿De qué modo?

Lombard se mostraba sorprendido, y Blore, desconcertado. Su rostro, de ordinario colorado como un tomate, enrojeció aún más.

—Veamos, doctor —soltó casi ahogándose con las palabras—, usted le administró una droga.

Armstrong lo miró fijamente.

—¿Una droga? ¿A qué se refiere?

—Anoche usted mismo dijo que le había dado algo para dormir.

—¡Ah, sí! Un somnífero inocuo.

—¿Qué clase de somnífero?

—Le administré una dosis muy suave de veronal. Un preparado totalmente inofensivo.

—Mire, hablemos claro —comentó Blore enrojeciendo más aún—. No le administraría una sobredosis, ¿verdad?

—No entiendo lo que quiere decir —protestó Armstrong furioso.

Blore no se amedrentó.

—¿No es posible que cometiera usted un error? Esa clase de accidentes pueden pasarle a cualquiera.

—¡Nada de eso! ¡Su insinuación es ridícula! —le espetó Armstrong.

Calló unos instantes y después añadió con frialdad:

—No estará insinuando que le di una sobredosis a propósito...

—Vamos, señores —intervino Lombard intentando apaciguar los ánimos—, un poco de calma. No nos acusemos unos a otros.

—Solo he sugerido que el doctor podría haber cometido un error —replicó Blore.

—Un médico no puede permitirse el lujo de equivocarse, amigo mío —respondió Armstrong, descubriendo sus dientes en una sonrisa forzada.

—No sería la primera vez que comete una equivocación, si damos crédito a lo que nos contó la voz del gramófono —insistió Blore intencionadamente.

Armstrong palideció. Lombard se dirigió furioso a Blore:

—¿Qué significa esa actitud agresiva? Estamos todos en la misma situación y debemos ayudarnos mutuamente... También podríamos preguntarle algo a usted sobre el asunto del perjurio, ¿no?

Blore se adelantó con los puños apretados.

—¡Al cuerno con el perjurio! —gritó—. ¡No es más que una estúpida mentira! Puede intentar hacerme callar, señor Lombard, pero hay algunas cosas que me gustaría saber... y una de ellas está relacionada con usted.

Lombard levantó las cejas.

—¿Conmigo?

—Sí. Me gustaría que usted me dijera por qué lleva un revólver, cuando está aquí simplemente en calidad de invitado.

—Es usted muy curioso, Blore.

—Estoy en mi derecho.

—No es usted tan tonto como parece —dijo Lombard de forma inesperada.

—Puede ser; pero respóndame respecto a ese revólver.

Lombard sonrió.

—Lo he traído porque esperaba caer en una guarida de sinvergüenzas.

—Antes no nos ha contado lo mismo —respondió Blore con suspicacia.

Lombard negó con la cabeza.

—¿No nos ha dicho toda la verdad? —insistió Blore.

—En cierto sentido, no.

—Pues díganosla ahora.

—Bueno —explicó Lombard—, les hice creer que yo era un invitado más de la lista. Eso no es del todo cierto. La realidad es que un tipo judío llamado Isaac Morris me ofreció cien guineas por venir aquí y estar al tanto de lo que pudiera pasar. Me dijo que confiaba en mí porque tenía fama de ser un hombre de recursos en las situaciones difíciles.

—¿Y bien? —insistió Blore.

—¡Ah! Eso es todo —respondió Lombard en tono sarcástico.

—Seguramente le diría algo más —añadió el doctor Armstrong.

—No, no lo hizo. Se mostró impasible. Me dijo que lo tomaba o lo dejaba, y como yo estaba sin un céntimo, acepté.

—Y ¿por qué no nos lo contó anoche? —preguntó incrédulo Blore.

Lombard hizo un movimiento de hombros muy elocuente.

—¿Cómo podía saber yo, querido amigo, que el incidente del gramófono no era precisamente por lo que me habían hecho venir aquí? Me hice el inocente y les conté una historia que no me comprometía en absoluto.

—Ahora ve las cosas de un modo distinto —dijo el médico con una sonrisa maliciosa.

El rostro de Lombard se ensombreció.

—Sí, ahora creo que estoy en una situación de igualdad con todos ustedes. Las cien guineas eran el anzuelo que me tendió el señor Owen para atraerme a esta ratonera. —Hizo una pausa y continuó—: Porque estamos en una trampa. ¡Se lo aseguro! ¡La muerte de la señora Rogers! ¡La de Anthony Marston! ¡La desaparición de los soldaditos en la mesa del comedor! Sí, en todo eso seguro que está presente la mano del señor Owen. Pero ¿dónde demonios se esconde ese hombre?

Abajo, el solemne sonido del gong llamó a los invitados a comer.

II

Rogers estaba en la puerta del comedor. Cuando los tres hombres bajaban por la escalera, se dirigió hacia ellos.

—Espero que la comida sea de su agrado —les dijo nervioso—. Hay jamón y lengua fría, y he cocido algunas patatas; también hay queso, galletas y fruta en conserva.

—Me parece bien. ¿Tiene entonces muchos víveres de reserva? —preguntó Lombard.

—Bastantes, señor, sobre todo en conserva. La despensa está repleta; un requisito indispensable en una isla que puede quedar incomunicada de la costa por un período prolongado.

Lombard asintió.

Al entrar en el comedor después de los tres hombres, Rogers murmuró:

—Me preocupa que Fred Narracott no haya venido esta mañana. Sin duda es un incidente muy desafortunado.

—Sí —convino Lombard—. *Muy desafortunado* es la expresión correcta.

La señorita Brent entró en la estancia. Se le había escapado el ovillo de lana e iba en pos de él.

—El tiempo está cambiando —comentó mientras se sentaba—, se ha levantado viento y las olas están embravecidas.

A su vez, el juez Wargrave hizo su entrada con paso

lento y mesurado. Bajo sus espesas cejas, sus ojos lanzaban miradas centelleantes al resto de los comensales.

—Han tenido una mañana completa.

En la voz del magistrado se traslucía un deje irónico. Vera Claythorne apareció de repente, parecía sofocada.

—Supongo que no me estaban esperando —se apresuró a decir—. ¿Llego con retraso?

—No es usted la última. El general no ha bajado todavía —repuso la señorita Brent.

Se sentaron alrededor de la mesa. Rogers se dirigió a la señorita Brent.

—¿La señora almorzará ahora o prefiere esperar?

—El general Macarthur está sentado en una roca contemplando el mar —respondió Vera—. Desde ese sitio dudo mucho que haya oído el gong. En todo caso, hoy parece alterado.

—Voy a anunciarle que la comida está servida —se apresuró a decir Rogers.

El médico se levantó precipitadamente.

—Ya voy yo. Empiecen sin mí.

Abandonó el comedor mientras oía la voz de Rogers detrás de él:

—Señorita, ¿quiere usted lengua o jamón?

III

Los cinco invitados, sentados alrededor de la mesa, no sabían de qué hablar. Fuera, las ráfagas de viento se sucedían. Vera se estremeció.

—La tempestad se acerca.

Blore contribuyó a la conversación.

—En el tren de Plymouth me encontré con un anciano que no cesaba de decirme que iba a estallar una fuerte tempestad. Es extraordinario cómo esos viejos lobos de mar predicen el tiempo.

Rogers estaba retirando los platos de la carne cuando de pronto se detuvo con ellos en las manos. Con una voz angustiada dijo:

—Oigo correr a alguien.

En efecto, todos oyeron un ruido precipitado de pasos en la terraza. En ese preciso instante adivinaron instintivamente lo que pasaba y, como si se hubieran puesto de acuerdo, se pusieron en pie con los ojos clavados en la puerta.

El doctor Armstrong apareció sin aliento.

—El general Macarthur... —balbuceó.

—¿Muerto?

La pregunta había escapado de los labios de Vera.

—Sí, está muerto —confirmó Armstrong.

Hubo un silencio..., un largo silencio.

Las siete personas reunidas en la habitación se miraban, incapaces de pronunciar una sola palabra.

IV

La tempestad estalló mientras transportaban el cadáver del viejo general al interior de la mansión.

Los demás estaban en el vestíbulo. Se oyó un trueno y comenzó a llover a cántaros.

Mientras Blore y Armstrong subían al difunto por la escalera, Vera dio media vuelta y entró en el comedor desierto.

Estaba tal como lo habían dejado: los postres permanecían intactos sobre el aparador.

Vera se dirigió hacia la mesa. Al cabo de un par de minutos entró Rogers en silencio. Se sobresaltó al ver a la joven y, mirándola fijamente, balbuceó:

—Señorita, venía a ver...

Vera, sorprendida por el tono estridente de su voz, comentó:

—Tenía razón, Rogers. No quedan más que siete.

V

El cadáver yacía sobre la cama. Tras un breve examen, el médico abandonó el dormitorio y bajó a reunirse con los demás. Estaban todos en el salón.

La señorita Brent hacía punto. Vera, de pie cerca de la ventana, miraba cómo la lluvia caía a raudales. Blore se hallaba sentado con las manos sobre las rodillas, y Lombard se paseaba nervioso por la habitación. El juez Wargrave, con los párpados a media asta, estaba en el fondo de la estancia instalado en un sillón de orejas.

Al entrar el médico, pareció despertar.

—¿Y bien, doctor?

Muy pálido, Armstrong respondió:

—No se trata de una crisis cardíaca ni de nada por el estilo. A Macarthur lo golpearon en la cabeza con un salvavidas o algo parecido.

Hubo un ligero murmullo, pero la voz del juez Wargrave lo extinguió.

—¿Ha encontrado el arma del crimen?

—No.

—Pero parece estar usted muy seguro de lo que dice.

—Completamente seguro.

—Ahora sabemos exactamente dónde estamos —declaró calmado el juez.

No había lugar a dudas: Wargrave había tomado el mando de la situación. Durante la mañana se había limitado a permanecer inmóvil en el butacón de mimbre, evitando realizar cualquier tipo de actividad. Pero en esos momentos asumía la dirección del asunto con toda la autoridad que le conferían sus largos años de práctica en calidad de magistrado.

Se aclaró la voz y tomó la palabra.

—Esta mañana, sentado en la terraza, los he estado observando a todos ustedes. Sus intenciones no me dejaron duda alguna. Han inspeccionado la isla en busca de un asesino desconocido.

—Es cierto —respondió Lombard.

—Por tanto, estarán de acuerdo conmigo, respecto a la muerte de Marston y de la señora Rogers, en que no fueron muertes accidentales y en que tampoco pueden calificarse de suicidios. ¿Se han formado ustedes alguna idea sobre las intenciones que tuvo el señor Owen al traernos aquí?

—Es un loco, un desequilibrado —estalló Blore con rabia.

El juez tosió.

—Probablemente —prosiguió—, pero eso no cambia nada. Lo único que nos preocupa es salvar nuestras vidas.

—Le aseguro que no hay nadie más en la isla —dijo Armstrong—. ¡Nadie!

El juez se acarició la barbilla.

—Nadie, en el sentido que usted lo entiende —replicó—. Esta mañana yo llegué a esa misma conclusión, y podría haberle anticipado lo inútil de su busca. Sin embargo —prosiguió—, estoy convencido de que el señor Owen, por darle el nombre que él ha escogido, se encuentra en la isla; lo juraría por mi vida. Ese hombre ha decidido castigar a determinados individuos por faltas cometidas que lograron escapar de la justicia. No dispone de otros medios para su plan más que el de camuflarse entre sus invitados. Creo que el señor Owen es uno de nosotros.

VI

—¡Oh, no! ¡No!

Fue Vera quien pronunció esas palabras con voz débil, como si gimiera. El juez se volvió hacia ella con una mirada penetrante.

—La señorita Claythorne, no tenemos más remedio que rendirnos a la evidencia de los hechos. Todos corremos un grave peligro. Uno de nosotros es Owen y no sabemos quién. De las diez personas que desembarcaron en la isla, tres han quedado libres de toda sospecha: Anthony Marston, la señora Rogers y el general Macarthur. Solo quedamos siete, y uno de nosotros, permítanme decirlo, es el falso soldadito.

Hizo otra pausa y paseó la mirada a su alrededor.

—Creo que todos ustedes compartirán mi idea.

—Es increíble, pero tiene usted razón —convino Armstrong.

—Sin duda —dijo Blore—. Y si quieren escucharme tengo una idea.

Con gesto rápido, el juez lo atajó:

—Nos ocuparemos de eso más tarde. Ahora solo me interesa saber si todos estamos de acuerdo sobre los hechos.

—Su razonamiento me parece lógico —dijo Emily Brent, que continuaba con su labor—. Sí, uno de nosotros está poseído por el demonio.

—¡Me niego a creerlo! —protestó Vera.

—¿Y usted, Lombard? —preguntó Wargrave.

—Yo también lo creo.

Satisfecho, el juez hizo un gesto con la cabeza y añadió:

—Ahora examinemos los hechos. Antes de empezar, ¿existe algún motivo para sospechar de alguien en particular? Señor Blore, creo que tenía usted algo que decirnos.

Blore respiraba con dificultad.

—Lombard tiene un revólver —comentó—. Anoche no nos contó la verdad y él mismo lo reconoce.

Lombard sonrió con desdén.

—Creo prudente explicarme una vez más.

Lo hizo en términos breves y concisos. Pero Blore no dio su brazo a torcer.

—¿Qué prueba tiene usted para ofrecernos? Nada corrobora su historia.

El juez carraspeó.

—Estamos todos involucrados en el mismo caso y no podemos confiar más que en nuestra palabra —dijo. Tras inclinarse hacia delante, prosiguió—: Ninguno de nosotros parece darse cuenta de lo extraordinario de esta situación. Creo que solo podemos seguir un procedimiento. ¿Hay alguien entre nosotros a quien podamos eliminar por los testimonios que poseemos?

—Soy un médico muy conocido —se apresuró a decir el doctor Armstrong—. La mera idea de que yo pudiera ser objeto de sospecha...

Con un gesto de la mano, Wargrave interrumpió al médico.

—También yo soy una persona muy conocida, pero eso no prueba nada. En todos los tiempos ha habido médicos y magistrados que perdieron la cabeza, y también... ¡policías! —añadió dirigiéndose a Blore.

—Sea lo que fuere —intervino Lombard—, supongo que dejará a las mujeres al margen.

El juez enarcó las cejas. Con su famosa voz «ácida» que los abogados de la defensa conocían tan bien, dijo:

—Debo deducir que, según usted, las mujeres están exentas de cometer un asesinato.

—Evidentemente no, pero parece imposible que...

Guardó silencio, pues Wargrave se dirigía al médico con el mismo tono de voz.

—Doctor, según usted, ¿una mujer tiene la suficiente fuerza física para asestar un golpe como el que ha acabado con la vida del pobre Macarthur?

—Por supuesto —respondió Armstrong con calma—, si empleara el instrumento adecuado, un mazo o una porra.

—¿Y eso no exigiría un esfuerzo extraordinario por su parte?

—Ninguno.

El juez Wargrave torció su cuello de tortuga.

—Dos víctimas fallecieron tras la ingesta de veneno —declaró— y, sin lugar a dudas, cualquier persona, por débil que sea, es capaz de envenenar a quien sea.

—¡Usted está loco! —exclamó Vera encolerizada.

Lentamente, el juez volvió la vista hacia ella y la envolvió con su mirada fría e impasible, propia de un hombre acostumbrado a juzgar a los humanos.

«Me observa como si fuera un bicho raro —pensó Vera, y acto seguido cayó en la cuenta—: No le soy simpática.»

En un tono mesurado, el magistrado le aconsejó:

—Querida joven, le ruego que trate de dominar sus sentimientos. Yo no la estoy acusando. —Luego se inclinó hacia la señorita Brent y le dijo—: Espero, señorita Brent, que no se haya ofendido por mi insistencia en considerar que todos podemos ser sospechosos.

La mujer no levantó la cabeza de su labor.

—La idea de ser acusada de la muerte de uno de mis semejantes —respondió en tono glacial—, y con mayor motivo si son tres, les parecerá grotesca a los que conozcan mi carácter. Pero comprendo la situación: como somos unos completos desconocidos los unos para los otros, nadie puede quedar exonerado sin tener pruebas convincentes. Como acabo de decirles, hay un monstruo entre nosotros.

—Así, todos estamos de acuerdo —dijo el juez—. Llevaremos las pesquisas sin exceptuar a nadie, y no tendremos en cuenta ni la moralidad ni la clase social de cada uno de nosotros.

—Y en cuanto a Rogers... —preguntó Lombard.

—¿Qué? —exclamó el juez sin dejar de mirarlo.

—Creo que deberíamos tachar a Rogers de la lista —replicó Lombard.

—Y ¿por qué? Explíquese.

—No es lo bastante inteligente para cometer un asesinato y, por otra parte, su mujer es una de las víctimas.

El juez volvió a enarcar las cejas.

—He visto a muchos hombres ante el tribunal acusados de asesinar a sus esposas, y los consideraron culpables.

—No pretendo contradecirlo, señor —dijo Blore—. Que un hombre asesine a su mujer entra en un cálculo de posibilidades aceptable; es hasta casi natural, añadiría yo. Pero no en el caso de Rogers. Podría creer que Rogers habría matado a su esposa por temor a que ella lo denunciara o por haberle cobrado aversión, y hasta quizá por querer contraer segundas nupcias con alguna jovencita. Pero no veo en él al enigmático señor Owen que se toma la justicia por su mano y comienza por eliminar a su esposa a causa de un crimen que ambos habían perpetrado.

—Se basa en lo que hemos oído para formarse una opinión de él —indicó el juez—, pero ignoramos si Rogers y su esposa planearon la muerte de su señora. Puede que la acusación fuera falsa, con objeto de colocar a Rogers en la misma situación que todos nosotros. Quizá anoche la mujer de Rogers estuviera aterrorizada al darse cuenta del trastorno mental que padecía su marido.

—Bueno, como usted quiera —añadió Lombard—. Owen es uno de nosotros y no haremos excepción alguna. Todos somos sospechosos.

—Repito que no haré ninguna excepción; no ha de tenerse en cuenta el carácter, la posición social ni las probabilidades de nadie. Ahora lo que importa es examinar el caso de cada uno según los hechos. En otros términos: ¿hay entre nosotros una o varias personas que no podrían haber administrado el cianuro a Marston o una fuerte dosis de somnífero a la señora Rogers y golpear con saña al general?

—¡Bien dicho, sí, señor! —exclamó Blore con expresión de alivio—. Vayamos, pues, al fondo del asunto. En cuanto a la muerte del joven Marston, es muy difícil descubrir al culpable; hemos supuesto que alguien, desde la terraza, a través de la ventana abierta, vertió veneno en el vaso. Pero es cierto que alguno de los presentes en el salón también podría haberlo hecho. No recuerdo si Rogers estaba en la habitación en esos momentos, pero los demás sí que nos hallábamos en la sala.

Reflexionó durante un instante y luego prosiguió:

—Ocupémonos ahora de la muerte de la esposa de Rogers. En este caso, los dos principales sospechosos son el marido y el médico. A ambos les habría resultado muy fácil hacerlo.

El doctor Armstrong se levantó iracundo.

—¡Protesto por esa insinuación! Juro que la dosis que le administré era perfectamente...

—¡Doctor!

La orden del juez no daba opción a seguir hablando. El médico se interrumpió con una sacudida en mitad de la frase.

—Su indignación me parece natural —añadió el juez—, pero debe admitir que tenemos que tomar en consideración todos los aspectos que los hechos presentan. Usted o Rogers son los que tuvieron más oportunidades de hacerlo. Ahora consideremos la posición de los otros invitados. ¿Qué posibilidades teníamos el inspector Blore, la señorita Brent, la señorita Claythorne, el señor Lombard o yo de echar el veneno en el vaso? ¿Puede alguno de nosotros ser excluido de toda sospecha? No lo creo.

—Yo no me encontraba cerca de la mujer —exclamó Vera furiosa—, ustedes estaban presentes.

El juez Wargrave reflexionó un instante.

—Por lo que recuerdo, he aquí cómo ocurrió. Si me equivoco, les ruego que me rectifiquen. Marston y Lombard depositaron a la mujer desvanecida en el sofá y el doctor la examinó. Mandó a Rogers en busca del coñac, y entonces fue cuando decidimos averiguar la procedencia de la voz acusadora y nos dirigimos todos a la habitación contigua, a excepción de la señorita Brent, que permaneció sola con la mujer desmayada.

La señorita Brent enrojeció y dejó su labor.

—¡Eso es indignante! —protestó.

El juez continuó implacable:

—Cuando volvimos a esta habitación, usted, señorita Brent, estaba inclinada sobre la mujer.

—¿La piedad es un crimen? —objetó la aludida.

—Solo me ajusto a los hechos. En ese momento, Rogers regresaba con el coñac, que podía haber envenenado antes. Le dieron a beber a la enferma de la copa que contenía licor y, poco después, entre el doctor y Rogers la acostaron, y Armstrong le dio un sedante.

—Eso es lo que pasó —confirmó Blore—. Tanto el juez como Lombard, Vera y yo estamos a salvo de toda sospecha.

A pesar del tono triunfal con que pronunció esas palabras, el juez lo miró fijamente.

—¡Ah! ¿Lo cree así? —murmuró—. Pues no olvide que debemos tener en cuenta cualquier eventualidad.

—No lo comprendo —respondió Blore sorprendido.

Wargrave se explicó:

—La señora Rogers está arriba, en la cama. El sedante administrado por el doctor comienza a producir su efecto; está adormecida y carente de voluntad. Supongamos que en ese instante alguien entra llevando, digamos, un comprimido o una mezcla, y le dice: «El doctor quiere que se tome usted este medicamento». ¿Dudan de que ella no se lo hubiera tomado sin rechistar?

Hubo un silencio. Blore agitó los pies y frunció el ceño. Lombard tomó la palabra.

—No puedo aceptar esa versión. Además, durante muchas horas nadie salió del salón. La muerte fulminante de Marston tuvo lugar enseguida.

—Alguien pudo salir de su habitación más tarde... —lo interrumpió el juez.

—¡Pero si Rogers estaba en la habitación con su mujer! —observó Lombard.

—No —dijo el médico—. Rogers bajó a retirar el servicio y ordenar el comedor. Cualquiera podría haberse introducido en su habitación sin que nadie lo viera.

—Veamos, doctor —observó Emily Brent—. Sin duda, a esa hora la mujer estaba profundamente dormida por efecto del fármaco que usted le administró.

—Sí, con toda probabilidad, pero no lo afirmaría con certeza, pues si no se le ha prescrito antes a un paciente, jamás se sabe la reacción que produce un medicamento. Dependerá del metabolismo del enfermo el que un somnífero surta su efecto en más o menos tiempo.

—Usted nos cuenta lo que quiere, doctor —insinuó Lombard.

De nuevo el rostro de Armstrong enrojeció de cólera. Una vez más, la voz fría del magistrado detuvo las protestas del médico.

—Las recriminaciones no nos llevan a ninguna parte, solo interesan los hechos. Creo que todos estamos de acuerdo en que existe la posibilidad de que ocurriera como he señalado. Admito que no es muy probable, aunque depende de quién haya sido. La aparición de la señorita Brent o la señorita Claythorne con un encargo de tal índole no habría sorprendido a la enferma, mientras que si Blore, Lombard o yo nos hubiéramos presentado, nuestra visita le habría parecido insólita, pero no habría provocado ninguna sospecha en la mujer.

—Y ¿adónde nos conduce todo esto? —preguntó Blore.

VII

El juez Wargrave se acarició el labio.

—Nos hemos ocupado del segundo asesinato y hemos establecido el hecho de que ninguno de nosotros está libre de sospecha —declaró con gesto frío e impasible. Hizo una pausa y prosiguió—: Ahora debemos dilucidar la muerte del general, acaecida esta mañana. Ruego a los que sean capaces de proporcionarse una coartada que la expongan brevemente. Yo mismo no puedo dar ninguna plausible, pues he estado toda la mañana sentado en la terraza, meditando y pasando revista a todos los extraños acontecimientos que han ocurrido en la isla desde anoche.

»He permanecido allí hasta que ha sonado el gong para almorzar, pero imagino que ha habido muchos momentos en que nadie me habría visto bajar hasta la orilla, asesinar al general y volver a ocupar mi sitio en la butaca.

»Les aseguro que no me he ausentado de la terraza, pero ustedes no tienen más que mi palabra; por tanto, eso no es suficiente. No puedo demostrarlo.

—Me encontraba con el doctor y Lombard; ambos pueden confirmarlo —aseguró Blore.

—Usted ha vuelto a la casa para buscar una cuerda —rectificó Armstrong.

—Así es. He ido y he vuelto. Usted lo sabe.

—Ha tardado mucho... —dijo Armstrong.

Blore enrojeció.

—¿Qué demonios insinúa, doctor?

—Solo digo que ha tardado bastante en volver.

—¡Claro! He tenido que buscarla. ¡No es tan fácil encontrar un rollo de cuerda!

Wargrave intervino.

—Durante la ausencia del inspector, ¿han permanecido ustedes dos juntos?

—Sí, claro —aseguró Armstrong con vehemencia—. Bueno, Lombard se ha alejado unos minutos. Yo me he quedado donde estaba.

—Buscaba el mejor sitio para poder enviar señales heliográficas a la costa —respondió sonriendo Lombard—. Me he ausentado un par de minutos.

—Eso es exacto —declaró el médico asintiendo con la cabeza—. No tuvo tiempo de cometer un asesinato, puedo jurarlo.

—¿Alguno de ustedes ha consultado el reloj? —preguntó el juez.

—No, claro que no.

—Además, yo no llevaba —dijo Lombard.

—Un par de minutos, eso es muy impreciso —murmuró Wargrave.

Volvió la cabeza hacia la señorita Brent, que continuaba con el cuerpo erguido y su labor en la falda.

—Señorita Brent, ¿qué ha hecho esta mañana?

—He subido a la cima de la isla en compañía de la señorita Claythorne y después me he sentado en la terraza a tomar el sol.

—No recuerdo haberla visto —recalcó Wargrave.

—No me extraña, pues me encontraba al amparo del viento, en el rincón de la parte este, junto a la casa.

—¿Ha permanecido allí hasta la hora del almuerzo?

—Sí.

—Ahora —continuó el viejo magistrado—, hable usted, señorita Claythorne.

—Esta mañana he salido a pasear con la señorita Brent. Después he dado una vuelta por la isla y luego he charlado un rato con el general.

—¿Qué hora sería en aquel momento? —la interrumpió el juez.

Por primera vez, la respuesta de Vera fue evasiva.

—No lo sé con certeza. Seguramente una hora antes de la comida, quizá menos.

—¿Antes o después de que nosotros hayamos hablado con él? —preguntó Blore.

—Lo ignoro. De todas maneras, lo he encontrado muy raro —respondió temblando.

—¿Raro? ¿Qué quiere decir? —insistió Wargrave.

Vera respondió en voz baja:

—Me dijo que íbamos a morir todos... y que él esperaba su fin. Me asustó.

El juez asintió con la cabeza.

—Y después, ¿qué ha hecho? —le preguntó.

—He vuelto a la casa y, antes del almuerzo, he salido de nuevo y he estado detrás de la finca. He estado muy alterada todo el día.

El juez Wargrave se acarició la barbilla.

—No queda más que Rogers —dijo—, aunque dudo que su declaración pueda añadir algo más a lo que ya conocemos.

El criado, convocado ante el improvisado tribunal, no tenía gran cosa que decir. Había dedicado toda la mañana a arreglar la casa y a preparar la comida. Antes de servirla, había llevado los aperitivos a la terraza y después había subido al ático para recoger sus efectos personales y trasladarlos a otra habitación. En toda la mañana no había mirado por las ventanas y no había visto nada que pudiera relacionarse con la muerte del general. En todo caso, él juraba que, al poner los cubiertos, había visto los ocho soldaditos de porcelana sobre la mesa del comedor.

Cuando el criado terminó de declarar, se produjo un silencio.

Luego el juez Wargrave carraspeó y Lombard murmuró al oído de Vera:

—Ahora el juez resumirá nuestras declaraciones.

—Hemos llevado a cabo el análisis de las circunstancias que envuelven las tres muertes que nos ocupan. Disponemos de muchas pruebas contra ciertas personas, pero no podemos, sin embargo, declarar a los demás inocentes de toda complicidad de forma fehaciente. Reitero mi afirmación de que existe un asesino peligroso y con toda probabilidad entre las siete personas aquí reunidas. Nada nos permite adivinar quién es. Por ahora, lo único que podemos hacer es tomar las medidas necesarias para comunicarnos con la costa y pedir auxilio. Si la ayuda no llegara, lo cual es de suponer, dado el estado del mar, deberíamos tomar toda clase de medidas para preservar nuestras vidas.

»Les estaré muy agradecido si me exponen las ideas que les sugieren esas cuestiones. Entretanto, recomiendo a cada uno que permanezca alerta, pues hasta aquí la tarea del asesino ha sido muy fácil, dado que sus víctimas no tenían nada que temer. De ahora en adelante, el deber nos ordena sospechar los unos de los otros. Hombre prevenido vale por dos. Les aconsejo que no se expongan a ningún riesgo y que se guarden de los peligros. Es todo cuanto tengo que decirles por el momento.

—Se levanta la sesión —murmuró Philip Lombard con ironía.

Capítulo 10

I

—¿Cree que todo eso es cierto? —preguntó Vera.

Philip y ella se hallaban sentados en el asiento adosado a la ventana del salón. Fuera llovía a cántaros y las ráfagas de viento sacudían los cristales.

Lombard inclinó la cabeza antes de contestar.

—¿Me pide mi opinión acerca de si Wargrave no se equivoca cuando afirma que el señor Owen es uno de nosotros?

—Sí, eso es.

—Se trata de una cuestión difícil de responder. Si se aplica la lógica, tiene razón, pero, sin embargo...

Vera le quitó las palabras de la boca.

—Pero, sin embargo, parece totalmente increíble.

Lombard hizo una mueca.

—¡Toda esta historia es inverosímil! Sin embargo, tras la muerte del general, se ha esclarecido un punto muy importante: que no se trata de accidentes ni de suicidios, sino de crímenes. Tres asesinatos, de momento.

Vera se estremeció.

—Es como una pesadilla. Continúo creyendo que cosas como estas no pueden suceder.

—La comprendo, señorita Claythorne. Dentro de nada llamarán a la puerta y nos servirán el té del desayuno.

—¡Ah! ¡Si fuera cierto lo que usted dice...! —exclamó Vera.

—¡Pero no lo es! ¡Todos somos partícipes de esta pesadilla! —replicó Lombard gravemente—. Y mientras tanto, es preciso que nos mantengamos alerta.

—Si el señor Owen es uno de ellos..., ¿quién cree que es? —preguntó Vera bajando la voz.

—Veo que nos exceptúa a nosotros dos. Eso está muy bien. Sé que no soy el asesino y, en cuanto a usted, no creo que esté loca. Es la joven más inteligente y sensata que he conocido. Me juego mi reputación a que está completamente cuerda.

—Es usted muy galante, señor Lombard, gracias —repuso ella con una sonrisa.

—Vamos, señorita Claythorne, ¿no va a devolverme el cumplido?

Tras un breve silencio, Vera respondió:

—Usted mismo ha confesado que no da importancia a la vida humana y, en cambio, no me lo imagino grabando aquel disco tan horrible.

—Tiene mucha razón. Si hubiera pensado cometer uno o varios crímenes, habría sido para sacarles provecho. El asesinato en serie no es lo mío. De acuerdo; nos eliminamos de la lista y concentramos nuestra atención sobre los cinco compañeros de prisión. ¿Cuál de ellos es U. N. Owen? Aunque no tenga prueba alguna, ni fundamentos sólidos, apostaría por Wargrave —indicó Lombard.

—¡Oh! —exclamó Vera sorprendida, y unos instantes después preguntó—: ¿Por qué?

—No sabría explicarlo con exactitud. En primer lugar, es un anciano que ha presidido los tribunales de justicia durante largo tiempo. Es decir, que ha actuado como Dios Todopoderoso durante muchos años. Al final, eso debe de hacer mella en cualquiera. Puede ser que Wargrave se crea omnipotente, con poder para decidir sobre la vida y la muerte. Se le ha trastocado la sesera y nuestro viejo magistrado debe de considerarse un juez supremo y verdugo.

—Sí, supongo que es posible —reconoció Vera.

—¿Por quién apuesta usted, señorita Claythorne?

—Por el doctor Armstrong —respondió Vera sin vacilar.

Lombard emitió un débil silbido.

—¿Por el doctor? Es el último en quien yo habría pensado.

—Dos de las víctimas han fallecido envenenadas —continuó Vera—, lo que revela que el asesino posee conocimientos médicos. Además, no debemos olvidar que lo único que sabemos con certeza es que la señora Rogers se tomó el somnífero que él le dio.

—En efecto, es verdad —admitió Lombard.

Vera persistió en su acusación.

—Cuando un médico se trastorna, es muy difícil darse cuenta. Muchos de ellos son víctimas de un exceso de trabajo y estrés.

—De acuerdo —dijo Philip—, pero no creo que Armstrong matara al general. No pudo hacerlo durante el breve instante que lo dejé solo, a menos que fuera y volviera corriendo como un gamo. No creo que su estado físico le permita realizar tal proeza.

—No lo hizo entonces —aseguró Vera—. Tuvo la oportunidad de hacerlo más tarde.

—¿Cuándo?

—Cuando fue a buscar al general para almorzar.

Philip dejó escapar de nuevo un suave silbido.

—¿Usted cree que lo hizo entonces? ¡Sí que tendría sangre fría!

—¿Qué riesgo corría? Ninguno, pues es el único que posee conocimientos suficientes para determinar la hora de la muerte. Y ¿quién podría contradecirlo? —insistió Vera con impaciencia.

Philip miró a la joven con aire pensativo.

—¿Sabe una cosa? —dijo—. Su solución es ingeniosa. Pero me pregunto...

II

—¿Quién es el asesino, señor Blore? Me gustaría saberlo.

Rogers tenía el ceño fruncido y las manos retorcían la gamuza con la que quitaba el polvo.

—Sí, muchacho. ¡Esa es la cuestión! —le respondió el exinspector Blore.

—Según su señoría, uno de nosotros. Pero ¿quién? Eso es lo que quiero saber. ¿Quién es ese demonio con forma humana?

—Eso es lo que todos querríamos saber.

—Pero usted cree saber quién es, señor Blore —insinuó Rogers con astucia—. ¿No es así?

—¡Es posible! Tengo sospechas, pero de eso a una certeza hay mucho trecho, y podría equivocarme. No obstante, la persona de quien sospecho tiene mucha sangre fría.

Rogers se secó el sudor de la frente.

—Me parece una pesadilla —dijo con voz ronca.

Blore lo miró con curiosidad.

—Y usted, Rogers, ¿tiene alguna idea? —preguntó.

El criado inclinó la cabeza.

—No sé nada. No sé nada en absoluto. Y eso es lo que me da miedo. No saber nada de nada.

III

—¡Tenemos que salir de aquí a toda costa! —gritaba el doctor Armstrong desesperado.

El juez Wargrave contemplaba la lluvia a través del ventanal del salón de fumadores mientras jugueteaba con el cordón de sus gafas.

—No pretendo adivinar el tiempo que hará, pero me parece que antes de veinticuatro horas nadie podrá llegar hasta aquí, aunque conozcan la trágica situación en que nos encontramos. Y aun así, suponiendo que el viento amaine.

El médico se llevó las manos a la cabeza con un gemido.

—Y, mientras tanto, corremos el riesgo de ser asesinados en nuestras camas —dijo con un gruñido.

—Espero que no —replicó el juez Wargrave—. Por mi parte, tomaré todas las precauciones posibles para que no me ocurra esa desgracia.

Armstrong creía que el anciano magistrado se agarraba más a la vida que muchos jóvenes, fenómeno que había observado en numerosas ocasiones a lo largo de su carrera. Él tenía veinte años menos que el juez y, sin embargo, su instinto de supervivencia le parecía menos arraigado.

«¡Asesinados en la cama! Los médicos son todos iguales; no tienen ideas originales. Sus razonamientos son tremendamente vulgares», pensó Wargrave.

—Ya hay tres víctimas, ¿recuerda? —dijo el médico.

—Cierto, pero tenga en cuenta que las tres estaban desprevenidas, mientras que nosotros estamos sobre aviso.

—¿Qué podemos hacer? Tarde o temprano... —preguntó Armstrong enojado.

—Creo que podemos hacer varias cosas —respondió el juez.

—Pero no tenemos ni idea de quién puede ser el asesino.

El magistrado se acarició la barbilla y murmuró:

—No estoy tan seguro de eso...

Armstrong lo miró fijamente a la cara.

—Entonces... ¿sabe quién es?

—En cuanto a las pruebas indispensables ante un tribunal, le declaro no poseer ninguna —afirmó con prudencia Wargrave—. Sin embargo, tras pasar revista a los hechos, puedo asegurar quién es el culpable.

—¡No lo comprendo! —exclamó el asombrado médico con los ojos fijos en el anciano juez.

IV

La señorita Emily Brent se retiró a su dormitorio, cogió la Biblia y se sentó cerca de la ventana. Abrió el libro sagrado y, tras unos segundos de duda, lo dejó, se fue hacia la mesilla de noche y sacó de un cajón un pequeño diario con cubiertas negras.

Lo abrió y se puso a escribir:

> Una horrible desgracia acaba de acontecer. El general Macarthur ha muerto. (Su primo era el marido de Elsie MacPherson.) Sin duda alguna ha sido asesinado. Después de comer, el juez Wargrave ha pronunciado un interesante discurso, pues está convencido de que uno de nosotros es el culpable. En otros términos, uno de nosotros está poseído por el demonio. Yo ya lo sospechaba. ¿Quién podrá ser? Esta es la pregunta que todos nos formulamos. Pero sé que...

Se quedó un instante inmóvil, con los ojos vidriosos. Apenas podía sostener el lápiz. Con letra temblorosa y desordenada, escribió en mayúsculas:

LA ASESINA ES BEATRICE TAYLOR

Cerró los ojos. De repente los abrió sobresaltada y miró el diario. Lanzó una exclamación de cólera, leyó las letras tan irregularmente escritas de la última frase y murmuró:

—No es posible. ¿He sido yo quien ha escrito esto? Me estoy volviendo loca.

V

La tempestad arreciaba por momentos mientras el viento rugía alrededor de la casa.

Estaban reunidos en el salón y permanecían sentados sin prestarse mucha atención, pero al mismo tiempo no dejaban de espiarse mutuamente. Cuando Rogers entró con la bandeja del servicio del té, se sobresaltaron.

—¿Quieren que corra las cortinas? La estancia estará más iluminada.

Tras obtener el consentimiento de los allí reunidos, el criado corrió las cortinas y encendió la luz. La habitación se iluminó y se disiparon las sombras. Al día siguiente la tempestad ya habría cesado y llegaría una embarcación para rescatarlos...

—¿Servirá usted el té, señorita Brent? —preguntó la señorita Claythorne.

—No, se lo ruego, querida, sírvalo usted misma. La tetera es demasiado pesada, y además he perdido dos ovillos de lana gris. ¡Menudo fastidio!

Vera se aproximó a la mesa y se oyó el alegre tintineo de la porcelana. Todo parecía volver a la normalidad.

¡El té! ¡El bendito té de cada tarde! Philip Lombard arriesgó una broma. Blore le respondió en el mismo tono. Armstrong contó una divertida anécdota y hasta el juez, que de ordinario rechazaba tomar té, lo paladeaba con visible placer.

En ese ambiente de tranquilidad, Rogers entró con el rostro descompuesto y farfullando.

—Perdón, señores. ¿Alguno de ustedes sabe dónde está la cortina del cuarto de baño?

Lombard levantó bruscamente la cabeza.

—¿La cortina del cuarto de baño? ¡¿Qué diantre dice, Rogers?!

—No está. Ha desaparecido, señor. He dado una vuelta por las habitaciones para echar las cortinas, pero la del vá... del cuarto de baño no estaba.

—¿Estaba esta mañana? —preguntó el juez Wargrave.

—¡Oh! Sí, señor.

—¿Cómo era? —quiso saber Blore.

—De hule rojo. Hacía juego con las baldosas coloradas.

—Y ¿ha desaparecido? —inquirió Lombard.

—Sí, señor.

Se miraron los unos a los otros.

—Y ¿qué importancia tiene? —repuso Blore con solemnidad—. Esa desaparición es una estupidez..., como todo lo que está ocurriendo. ¡Qué más da! No se puede asesinar a alguien con una cortina de plástico. Olvidémonos del asunto.

—Bien, señor, gracias —dijo Rogers.

El criado salió de la habitación y cerró la puerta tras de sí.

De nuevo el miedo se instaló en el salón y, una vez más, los invitados se escrutaron los unos a los otros con una ansiedad mal disimulada.

VI

Se sirvió una cena sencilla, compuesta principalmente de conservas. Y, después de dar cuenta de ella, se retiró el servicio de la mesa.

Más tarde, en el salón la tensión era insoportable. A las nueve, Emily Brent se levantó.

—Voy a acostarme —anunció.

—Yo también —dijo Vera.

Las dos mujeres subieron acompañadas de Lombard y Blore. Desde el descansillo, los dos hombres vieron cómo Vera y la señorita Brent entraban en sus respectivos aposentos y oyeron un ruido de cerrojos y llaves procedente del interior.

—¡No es necesario recomendarles que cierren con llave! —exclamó Blore con una sonrisa.

—En todo caso, estarán a salvo al menos una noche más —añadió Lombard mientras bajaban la escalera.

VII

Los cuatro hombres se retiraron a sus dormitorios una hora más tarde. Subieron juntos. Rogers, desde el comedor, donde preparaba la mesa para el desayuno del día siguiente, los vio subir y oyó que se detenían en el primer descansillo.

—Supongo que no necesito aconsejarles que cierren bien la puerta de sus dormitorios —dijo el juez.

—Y, sobre todo, no olviden atrancarla con una silla, pues ya saben que se puede abrir una puerta con la llave echada —añadió Blore.

—¡Querido Blore, usted siempre tan astuto! —exclamó Lombard.

—Buenas noches. Espero que mañana nos encontremos sanos y salvos —se despidió el juez.

Rogers abandonó el comedor y subió hasta la mitad de

la escalera. Vio cuatro sombras que desaparecían tras cuatro puertas, oyó cuatro vueltas de llave y el ruido de cuatro cerrojos.

«Eso está bien», murmuró para sí.

Volvió a bajar al comedor para comprobar si estaba todo en orden para la mañana siguiente.

Su mirada se posó en el centro de la mesa y en los siete soldaditos de porcelana. De repente, una sonrisa se dibujó en su rostro.

«¡Esta noche nadie nos va a gastar ninguna broma!»

Atravesó la habitación, cerró con llave la puerta que daba a la cocina y pasó al vestíbulo por la otra puerta, la cerró también con llave y se la guardó en el bolsillo.

Después apagó las luces y, con paso ligero, entró en su habitación. En la estancia solamente había un posible escondrijo, el armario, por lo que echó un rápido vistazo en su interior. Tras cerrar la puerta con llave y echar el cerrojo, Rogers se acostó.

«Esta noche no habrá más sorpresas con los soldaditos; he tomado mis precauciones», se dijo.

Capítulo 11

I

Philip Lombard se despertó al amanecer, como tenía por costumbre, y, recostado en un codo, prestó atención. El viento aún soplaba, aunque con menos intensidad, y había dejado de llover.

A las ocho, el viento volvió a rugir con fuerza, pero Lombard no se dio cuenta porque había vuelto a dormirse.

A las nueve y media, sentado en el borde de la cama, consultó su reloj, se lo llevó al oído y sus labios se abrieron dejando al descubierto sus dientes en una sonrisa que evocaba la mueca de un lobo.

—Ha llegado la hora de poner remedio a todo esto —dijo en voz baja.

A las diez menos veinticinco llamó a la puerta de Blore.

El exinspector de policía le abrió con mil precauciones. Tenía los ojos hinchados y el pelo revuelto.

—Veo que duerme usted como un lirón —le dijo Lombard amablemente—. Eso es señal de una conciencia tranquila.

—¿Qué sucede?

—¿No lo han despertado ni le han traído el té? ¿Sabe qué hora es?

Blore echó un vistazo al despertador que había sobre la mesilla de noche.

—Las diez menos veinticinco; no creía haber dormido tanto. ¿Dónde está Rogers?

—Le responderé con la misma pregunta.

—¿Qué quiere decir?

—Rogers ha desaparecido. No está en su cuarto ni en ninguna parte. No ha encendido la lumbre de la cocina ni ha puesto agua a hervir.

Blore ahogó un juramento.

—¿Dónde demonios puede estar? —profirió en voz alta—. Seguramente estará por la isla. Espere a que me vista. Mientras, averigüe si los demás saben algo.

Philip Lombard se dirigió a las habitaciones cerradas.

Encontró levantado y ya casi vestido al doctor Armstrong. Al juez Wargrave, igual que a Blore, tuvo que despertarlo. Vera Claythorne estaba vestida, y la habitación de Emily Brent estaba vacía.

El reducido grupo inspeccionó la casa. El dormitorio de Rogers, como ya había dicho Lombard, estaba vacío. La cama estaba deshecha y la navaja de afeitar, la brocha y el jabón aún estaban húmedos.

—Se ha levantado y se ha afeitado —dijo Lombard.

Vera trató de ocultar su nerviosismo.

—¿No creen que estará oculto en algún rincón... esperándonos? —preguntó.

—Querida mía —contestó Lombard—, estoy preparado para pensar lo que sea de cualquiera. Haremos bien en mantenernos unidos hasta que lo encontremos.

—Debe de estar en algún lugar de la isla —replicó Armstrong.

Blore, ya vestido pero sin afeitar, se unió al grupo.

—¿Dónde está la señorita Brent? ¿Es otro misterio? —preguntó.

Al llegar al vestíbulo, Emily Brent, ataviada con un impermeable, entraba por otra puerta.

—El mar sigue tan revuelto como siempre —anunció—. Dudo que ninguna embarcación pueda llegar hoy a la isla.

—¿Ha estado paseando sola por la isla esta mañana? —la interpeló Blore—. ¿No se da cuenta de que ha cometido una imprudencia?

—Le aseguro, señor Blore, que he paseado con los ojos bien abiertos.

—¿Ha visto usted a Rogers?

—¿A Rogers? —La señorita Brent enarcó las cejas—. No, no lo he visto esta mañana. ¿Por qué?

Wargrave, pulcramente vestido, bien afeitado y con la dentadura postiza en su sitio, bajó la escalera y se dirigió hacia la puerta abierta del comedor.

—¡Ah, ha dejado la mesa preparada para el desayuno! —comentó.

—Quizá lo hizo anoche —repuso Lombard.

Entraron en el comedor y vieron los platos puestos, los cubiertos de plata en su sitio, la hilera de tazas y platos sobre el aparador, y los salvamanteles de fieltro esperando la cafetera.

Fue Vera la primera en verlo. Cogió al juez por el brazo y la fuerza de sus dedos hizo que el anciano gimiera de dolor.

—¡Los soldaditos! ¡Miren! —gritó.

Solo había seis figuritas en el centro de la mesa.

II

Lo encontraron más tarde. Se hallaba en el lavadero, al otro lado de la casa. Había estado partiendo madera para hacer fuego y tenía aún en la mano un hacha, mientras que otra, más grande y maciza, estaba apoyada en la puerta, con la hoja manchada de una sustancia de color pardo que coincidía con la profunda herida que Rogers tenía en el cráneo.

III

—No hay duda alguna —aseveró Armstrong—. El asesino lo sorprendió por detrás, levantó la pesada hacha y la dejó caer en la cabeza de Rogers en el momento en que este se inclinaba.

Blore examinaba el mango del hacha y el cedazo para la harina, procedente de la cocina.

—Para asestar tal golpe, doctor —dijo el juez—, ¿el asesino debía ser muy fuerte?

—Una mujer podría haberlo hecho, si se refiere a eso. —Armstrong miró a su alrededor y, al no ver a Vera ni a la señorita Brent, que se habían dirigido a la cocina, continuó—: La joven pudo hacerlo fácilmente, pues es una atleta. En cuanto a la señorita Brent, parece frágil, pero esa clase de mujeres poseen un vigor extraordinario. Recuerden, además, que una persona cegada por la locura puede desarrollar una fuerza insospechada.

El juez asintió.

—No hay huellas —declaró Blore mientras se levantaba con un suspiro—. Limpiaron el mango después de cometer el crimen.

De pronto se oyó una risa. Los presentes se volvieron. Vera estaba en medio del patio y gritaba, sacudida por un acceso de hilaridad:

—¿Crían abejas en esta isla? Díganme, ¿dónde vamos a encontrar miel? ¡Ja! ¡Ja!

La miraron sin comprender nada. Creían que aquella joven tan inteligente se había vuelto loca de remate.

—No me miren así —siguió gritando con una voz aguda y extraña—. ¿Me creen loca? Pues mi pregunta no tiene nada de extraña. ¡Abejas, colmenas, abejas! ¿No lo comprenden? ¿No han leído la estúpida canción infantil? ¡Está en sus dormitorios para que la aprendan! Si hubiéramos reflexionado un momento, habríamos acudido enseguida al lavadero, donde Rogers cortaba leña, pues... «Siete soldaditos cortaron leña con un hacha...». Y ¿cuál es la estrofa siguiente? Me la sé de memoria: «Seis soldaditos jugaron con una colmena...». ¡Por eso pregunto si crían abejas en esta isla! ¿No es divertido? ¿No es condenadamente divertido?

De nuevo estalló en una risa demente. El médico se adelantó y le dio una bofetada.

Entre hipos y jadeos, Vera tragó saliva. Se quedó inmóvil durante unos instantes y luego dijo:

—Gracias, ya estoy mejor.

Su voz volvía a ser calmada, la voz ponderada de una

maestra de párvulos. Se volvió, cruzó el patio y entró en la cocina.

—La señorita Brent y yo prepararemos el desayuno —dijo—. ¿Podrían traernos unos leños para encender la lumbre?

Los dedos de Armstrong habían dejado unas marcas rojas en su mejilla.

Cuando Vera desapareció, Blore le dijo al médico:

—¡Lo ha hecho muy bien, doctor!

—Era necesario. No podemos perder el tiempo con una simple crisis de histeria —se disculpó.

—La señorita Claythorne no es una histérica —objetó Lombard.

—No, al contrario. Es una joven muy equilibrada. Pero ha sufrido un shock. Puede pasarle a cualquiera.

Recogieron la poca leña que Rogers había partido antes de ser asesinado y la llevaron a la cocina, donde las dos mujeres estaban ocupadas preparando el desayuno. La señorita Brent vaciaba las cenizas del fogón y Vera quitaba la corteza del beicon.

—Gracias, señores —dijo la señorita Brent—. El desayuno estará listo dentro de media hora. Si me disculpan, tengo que poner agua a hervir.

IV

El exinspector Blore preguntó a Lombard en voz baja y ronca:

—¿Sabe en qué pienso?

—Si está dispuesto a decírmelo, es una necedad devanarme los sesos tratando de adivinarlo —le replicó.

El exinspector era un hombre serio que no admitía bromas.

—Esto me recuerda un caso acontecido en América. Un anciano y su mujer fueron asesinados a hachazos. El drama tuvo lugar por la mañana, y no había nadie en la casa más que su hija y la criada. Se demostró que esta no pudo cometer el asesinato y, en cuanto a la hija, era una respetable solterona de mediana edad; se la consideró inocente y jamás se descubrió al culpable. Me ha venido a la memoria al ver el hacha y al entrar en la cocina y ver a la mujer tan tranquila, sin inmutarse. En cuanto a la joven, ¿no es comprensible que tuviera una crisis nerviosa? ¿No opina también así?

—Puede ser —respondió lacónicamente Lombard.

—Pero señorita Brent —prosiguió Blore—, tan concentrada en no mancharse el delantal, el delantal de la señora Rogers, me la figuro diciendo: «El desayuno estará listo dentro de media hora». Me parece que esa mujer está loca de atar. Muchas solteronas terminan igual. No quiero decir con esto que sean todas unas asesinas en serie, pero están mal de la cabeza. Es una pena que también a ella le pase lo mismo. Sufre una locura mística, cree que es el instrumento de Dios, o algo por el estilo. Se sienta en la habitación, ¿sabe?, y lee la Biblia.

Philip Lombard lanzó un suspiro.

—Pero eso no es una prueba de desequilibrio mental, Blore.

—Y luego ha salido con un impermeable —insistió Blore—, y nos ha dicho que había ido a ver el mar.

Lombard inclinó la cabeza y agregó:

—A Rogers lo han asesinado mientras cortaba leña, o sea, en cuanto se ha levantado. La señorita Brent no necesitaba pasearse por la isla unas horas después de cometer el crimen. Créame, el asesino de Rogers se las habrá arreglado para que lo encontremos esta mañana durmiendo en su cama.

—No lo entiende, Lombard. Si esa mujer fuera inocente, le habría asustado andar sola por la isla. Solamente lo haría si supiera que no tiene nada que temer. Es decir, si ella fuera la asesina.

—Es un buen argumento —dijo Lombard—. No había pensado en ello. —Y añadió, sonriendo—: Me complace comprobar que no sospecha de mí.

Un tanto confuso, Blore respondió:

—No le niego que al principio sospeché de usted: el revólver, la extraña historia que nos contó, o mejor dicho, que nos ocultó. Pero ahora me doy cuenta de que todo era demasiado evidente. —Calló unos instantes y añadió—: Espero que tenga la misma certidumbre referente a mí.

—Puedo equivocarme —respondió Lombard—, pero no le creo con imaginación suficiente para hacer una cosa así. Si usted fuera el culpable, admitiría su gran talento de actor y tendría que quitarme el sombrero. Entre nosotros, Blore, y ya que antes de que termine el día es probable que no seamos más que dos cadáveres, ¿estuvo usted implicado en aquel asunto de falsos testimonios?

—Ahora ya no parece importar mucho —respondió Blore, quien, incómodo, se balanceaba alternativamente en ambos pies—. Sí, Landor era inocente, pero la banda me tenía atrapado, y entre todos nos las apañamos para encarcelarlo. Por supuesto, jamás lo habría admitido...

—Si hubiera testigos —concluyó Lombard, riéndose—. Pero quedará entre usted y yo. Por lo menos, imagino que ganaría usted mucho dinero.

—El negocio no me dio lo que yo esperaba. Los Purcell eran unos tacaños. Sin embargo, logré un ascenso.

—Y a Landor lo condenaron y murió en la cárcel.

—¿Podía adivinar que iba a morir?

—No. ¡Eso fue su mala suerte!

—¿Mi mala suerte? La de él, querrá decir.

—La de usted también. Porque ha tenido como resultado que su vida vaya a ser acortada de un modo desagradable.

—¡Que se cree usted eso! —contestó Blore, mirándolo fijamente—. ¿Piensa que voy a dejarme atrapar como Rogers y los demás? Pues no apueste su dinero en ello. Puedo asegurar que sé cuidar de mí mismo.

—No importa. No soy jugador y, en cualquier caso, si lo mataran, no cobraría.

—Pero ¿qué dice?

Philip Lombard sonrió de oreja a oreja.

—Le digo, querido Blore, que no tiene ninguna probabilidad de escapar.

—¿Qué?

—Su falta de imaginación hace de usted un blanco ideal; un criminal tan astuto como U. N. Owen le da a usted cien vueltas.

Blore enrojeció de rabia.

—Y ¿qué me dice de usted?

Los rasgos de Philip Lombard se endurecieron.

—Yo soy un hombre de recursos y me he encontrado en situaciones más peligrosas que esta, de las que salí indemne. También espero salir de esta.

V

Los huevos estaban friéndose en la sartén mientras Vera tostaba el pan.

«¿Por qué me he comportado como una histérica? —pensaba—. Ha sido un error. Hay que tener calma, mucha calma.»

Después de todo, ella siempre se había enorgullecido de su sangre fría.

«La señorita Claythorne ha dado pruebas de una serenidad encomiable; sin dudarlo, se lanzó al agua para socorrer a Cyril...»

¿Por qué evocar ese recuerdo? Todo pertenecía al pasado, al pasado... Cyril había desaparecido mucho antes de que ella llegara a las rocas. Sintió que la corriente se la llevaba y se dejó arrastrar, flotando, y por fin la lancha de salvamento...

La felicitaron por su coraje y su sangre fría. Pero no Hugo, que se limitó a mirarla a los ojos...

¡Oh! ¡Cómo sufría al pensar en Hugo después de tanto tiempo! ¿Dónde estaría? ¿Qué haría? ¿Tendría novia? ¿Estaría casado?

Emily Brent la devolvió a la realidad.

—¡Vera, el pan se está quemando!

—Perdóneme, señorita Brent, es verdad. Qué tonta.

La señorita Brent sacó de la sartén el último huevo frito.

Vera dispuso otro trozo de pan para tostarlo.

—Usted tiene una calma extraordinaria, señorita Brent —dijo.

—En mi juventud me enseñaron a dominar los nervios y a no causar molestias —repuso Emily Brent con los labios apretados.

Automáticamente, Vera pensó: «Fue una niña reprimida... Eso explica muchas cosas».

—Entonces ¿no tiene miedo? —le preguntó. Y después de una pausa añadió—: ¿O no teme a la muerte?

¡Morir! Emily Brent experimentó la misma sensación que si una aguja le hubiera traspasado la cabeza. ¿Morir? Los demás morirían, pero ella no... Vera no podía comprenderlo. Los Brent no habían tenido miedo jamás. Su familia pertenecía a una dinastía de militares. Afrontaban la muerte sin pestañear. Llevaban una vida tan recta como ella... Jamás había hecho algo que la hiciera sonrojarse. Por lo que, naturalmente, no iba a morir...

«El Señor vela por los suyos. No temáis los terrores de la noche, ni la flecha que vuela de día...» ¡Estaban en pleno día! ¡La luz alejaba a los fantasmas! «Ninguno de nosotros abandonará esta isla.» ¿Quién había pronunciado esas palabras? El general Macarthur, cuyo primo estaba casado con Elsie MacPherson. No parecía preocuparle esa idea y la acogió con serenidad. ¡Un impío! Ciertas personas hacen tan poco caso de la muerte que incluso se quitan la vida. Beatrice Taylor. La noche pasada había soñado con Beatrice. Había soñado que estaba en la ventana, con la cara pegada a los cristales, suplicándole que la dejara entrar. Pero ella la había dejado fuera. De haberle permitido entrar en su cuarto, algo terrible habría ocurrido...

Emily volvió a la realidad. Aquella joven la miraba de forma extraña. Entonces dijo con prontitud:

—¿Está todo listo? Entonces sirvamos el desayuno.

VI

Todos se mostraron muy corteses mientras desayunaban.

—Señorita Brent, ¿puedo servirle más café?

—Señorita Claythorne, ¿quiere una loncha de jamón?

—¿Otra tostada?

Había seis personas, en apariencia normales y dueñas de sí mismas. No obstante, en su fuero interno los pensamientos daban vueltas como fieras enjauladas.

«¿A quién le tocará? ¿A quién? ¿Cómo? ¿Cuándo? ¿Lo logrará esta vez?»

«¿Funcionará? Vale la pena intentarlo. ¡Si me dieran tiempo...! Dios mío, ¿tendré tiempo?»

«Locura mística, eso es, seguramente. Mirándola, jamás podría uno sospecharlo... ¿Y si me equivocara?»

«Es una locura, todo esto no es más que una locura. Me estoy volviendo loca. Desaparecen los ovillos de lana y las cortinas de hule rojo, esto no tiene sentido. No lo entiendo.»

«¡Ese pobre diablo se ha tragado todo lo que le he contado! Pero ¡no hay que bajar la guardia!»

«Seis soldaditos de porcelana... No quedan más que seis. ¿Cuántos habrá esta noche?»

—¿Quién quiere el último huevo?

—¿Un poco de mermelada?

—Gracias. ¿Alguien quiere que corte más pan?

Eran seis para desayunar y los seis parecían comportarse con toda normalidad.

Capítulo 12

I

Cuando el desayuno terminó, el juez Wargrave se aclaró la voz y, en tono autoritario, anunció:

—Sería muy conveniente que nos reuniéramos para discutir la situación actual. ¿Qué les parece dentro de media hora en el salón?

Todos aceptaron la idea y Vera apiló los platos.

—Voy a quitar la mesa y a fregar la vajilla —anunció.

—Llevaremos el servicio a la cocina —se ofreció Philip Lombard.

—Muchas gracias.

Emily Brent, que había hecho ademán de levantarse, volvió a sentarse.

—¡Oh! ¡Dios mío! —exclamó.

—¿Qué tiene usted, señorita Brent? —preguntó el magistrado.

—He intentado ponerme en pie para ayudar a la señorita Claythorne, pero no sé lo que me pasa. Estoy mareada.

—¿Mareada? —repitió el médico mientras se acercaba hasta la mujer—. Eso no tiene ninguna importancia. Es fruto de tanta tensión acumulada. Le daré algo para que se le pase...

—¡No!

La palabra salió de su boca como una bala de un cañón.

Los presentes se mostraron desconcertados y el médico enrojeció. El rostro de la mujer reflejaba miedo y recelo.

—Como guste, señorita Brent.

—No quiero tomar nada, nada de nada. Me quedaré aquí sentada, tranquilamente, hasta que se me pase el malestar.

Acabaron de retirar el servicio de la mesa.

—Señorita Claythorne —dijo Blore—, soy un hombre hogareño. Le echaré una mano.

—Gracias —respondió ella.

Emily Brent se quedó sola en el comedor. Desde la cocina le llegaba un murmullo de voces. La sensación de mareo empezó a remitir y experimentó una dulce falta de fuerzas.

Los oídos le zumbaban... ¿O era algo en la habitación? Era como el zumbido de una abeja..., o un abejorro.

Finalmente la vio. En el cristal de la ventana.

¿Qué había dicho Vera acerca de las abejas? De las abejas y de la miel...

Le gustaba la miel. La miel en el panal. Se exprimía del panal con una red de muselina. La miel caía gota a gota.

Alguien se encontraba en la habitación, una persona mojada de pies a cabeza... Beatrice Taylor saliendo del río...

Si en ese momento volviera la cabeza, la vería.

Pero no podía moverla.

¿Y si llamara?

Pero tampoco podía llamar.

No había nadie más en la casa. Estaba absolutamente sola...

Oyó pasos, unos pasos suaves que se deslizaban tras ella. El paso vacilante de la ahogada. Percibió un olor húmedo, repugnante. En el cristal, la abeja zumbaba, zumbaba...

En ese preciso instante sintió la picadura.

La abeja le había clavado el aguijón en el cuello.

II

En el salón esperaban la llegada de Emily Brent.

—¿Voy a buscarla? —propuso Vera.

—Espere un momento —dijo Blore.

Vera se sentó y los reunidos le lanzaron una mirada inquisitiva a Blore.

—Escuchen. Opino que es inútil buscar al autor de esas muertes fuera del comedor. La mujer que está ahí dentro es la persona que buscamos.

—¿Y el motivo? —preguntó Armstrong.

—Locura mística. ¿Qué piensa usted, doctor?

—Perfectamente verosímil. No voy a negarlo, pero, desde luego, no tenemos pruebas —respondió el médico.

—Se comportaba de un modo muy extraño mientras preparábamos el desayuno —explicó Vera—. Sus ojos... —prosiguió con un estremecimiento.

—No puede juzgarla por eso. Todos estamos un poco desquiciados —dijo Lombard.

—Hay otra cosa —prosiguió Blore—. Es la única de todos nosotros que no ha querido hablar después de escuchar el disco. ¿Por qué? Porque no podía darnos ninguna explicación.

—¡Eso no es verdad! —exclamó Vera—. A mí me lo contó más tarde.

—¿Qué le contó, señorita Claythorne? —preguntó Wargrave.

La joven repitió la historia de Beatrice Taylor.

—Ese relato me parece sincero —hizo notar el juez—, y de veras lo creo. Pero dígame, señorita Claythorne, ¿Emily Brent parecía experimentar remordimientos por su actitud en aquellas circunstancias?

—Creo que no. No vi en ella ninguna emoción.

—¡Esas solteronas virtuosas tienen el corazón tan duro como una piedra! —comentó Blore—. La envidia las devora.

—Son las once menos cinco y debemos pedir a la señorita Brent que se reúna con nosotros —indicó el juez.

—¿No va a tomar ninguna medida? —preguntó Blore.

—¿Qué medida puedo tomar? —replicó entonces el magistrado—. Por ahora no tenemos más que sospechas. Sin embargo, pediré al doctor que la tenga bajo observación. Vayamos al comedor a buscarla.

La encontraron sentada en la butaca donde la habían dejado. Desde atrás no vieron nada anormal; parecía como si no los hubiera oído entrar.

Después se fijaron en su cara abotagada, los labios morados y los ojos abiertos como platos.

—¡Dios mío! ¡Está muerta! —exclamó Blore.

III

La voz suave y atemperada del juez Wargrave rompió el silencio.

—¡Otro de nosotros ha quedado libre de culpa y cargo! ¡Demasiado tarde!

Armstrong se inclinó sobre la difunta. Olfateó los labios, examinó los ojos y movió la cabeza.

—¿De qué ha muerto, doctor? —preguntó Lombard con impaciencia—. Estaba perfectamente cuando la dejamos.

La atención del doctor Armstrong estaba puesta en una marca que tenía la difunta en el lado derecho del cuello.

—Es la marca de una jeringuilla hipodérmica.

Se oyó un zumbido en la ventana.

—¡Miren! —gritó Vera—. ¡Una abeja! ¡Un abejorro! Recuerden lo que les he dicho esta mañana.

—¡No ha sido esa abeja la que la ha picado! —afirmó el médico—. Ha muerto tras clavarle una jeringuilla.

—¿Qué clase de veneno le han inyectado? —preguntó el juez.

—A primera vista —respondió Armstrong—, parece tratarse de cianuro potásico, el mismo que se usó con Marston. Murió en el acto por asfixia.

—Sin embargo, esa abeja... —observó Vera—, ¿no es una coincidencia?

—¡Oh! ¡No! —respondió Lombard—. ¡No es una coincidencia! Es el toque de color local de nuestro asesino. ¡Es una bestia juguetona! Sigue al pie de la letra las estrofas de la maldita canción infantil.

Por primera vez, el capitán Lombard se expresaba

con voz temblorosa, casi chillona. A pesar de haberse forjado un carácter tras una larga carrera llena de vicisitudes y peligros, ahora le fallaban los nervios.

Estalló lleno de cólera.

—¡Es una insensatez! ¡Una locura! ¡Estamos todos locos!

—Todavía conservamos, o así lo espero, nuestras facultades mentales —intervino el juez en tono monótono—. ¿Alguien ha traído a esta casa una jeringuilla hipodérmica?

—Yo —contestó el médico con poca firmeza.

Cuatro pares de ojos se clavaron en él. Soportó lo mejor que pudo la hostilidad y la sospecha de las miradas de los allí presentes.

—Siempre llevo una. Al igual que todos los médicos.

—Es cierto —contestó Wargrave—. ¿Quiere decirnos dónde la guarda?

—Arriba, en mi maleta.

—¿Podríamos comprobar su afirmación?

Los cinco subieron la escalera en procesión silenciosa.

El contenido de la maleta fue volcado en el suelo. Pero la jeringuilla no apareció por ninguna parte.

IV

—¡Me la han robado! —exclamó Armstrong furioso.

En la habitación se hizo un silencio sepulcral.

El médico estaba de pie, de espaldas a la ventana. En todas las miradas se leía una grave acusación contra él. Observó a Vera y a Wargrave, y repitió indefenso, con voz débil:

—Les juro que me la han robado...

Blore y Lombard se miraron.

—Hay cinco personas en esta habitación —declaró el juez—. Uno de nosotros es el asesino. La situación es cada vez más peligrosa. Debemos hacer lo posible para salvar a cuatro inocentes. Le ruego, doctor, que me diga cuántos fármacos guarda en su habitación.

—Aquí tengo un estuche —respondió el médico—. Pueden examinarlo. Contiene somníferos (comprimidos de veronal y sulfonal), un paquete de bromuro, bicarbonato de sosa y aspirinas. Es todo. No tengo cianuro.

—Yo también he traído algunos comprimidos de veronal para combatir el insomnio. Supongo que en una dosis elevada podría ser mortal —añadió el juez—. Usted, señor Lombard, tiene un revólver.

—¿Y qué? —gritó Lombard furioso.

—Sencillamente propongo que todos los medicamentos del doctor, mis comprimidos y su revólver sean custodiados y llevados a un lugar seguro, así como cualquier producto farmacéutico y todas las armas de fuego que encontremos. Después, cada uno de nosotros se someterá a un registro completo de su persona y sus enseres personales.

—¡Que me cuelguen si creen que voy a deshacerme de mi revólver! —exclamó Lombard.

—Señor Lombard —replicó Wargrave—, usted es un joven de complexión robusta, pero el exinspector también posee una fuerza nada desdeñable. No sé cuál de los dos ganaría en un cuerpo a cuerpo, pero sí puedo afirmar que el doctor, la señorita Claythorne y yo nos pondremos de parte de Blore y lo ayudaremos en cuanto podamos. Por tanto, debe comprender que si intenta resistirse llevará las de perder.

Lombard, con la cabeza echada hacia atrás, enseñó los dientes, pero se dio por vencido.

—Si todos van a ponerse en contra... —musitó.

—Por fin es usted razonable. ¿Dónde está el revólver? —preguntó el juez.

—En el cajón de mi mesilla de noche.

—Bien.

—Iré a buscarlo.

—Será mejor que lo acompañemos.

—¡Ah! Es usted suspicaz —repuso Lombard sonriendo.

Entraron en su cuarto. Lombard se dirigió hacia la mesilla de noche y abrió el cajón. De inmediato, retrocedió con un juramento.

¡El cajón estaba vacío!

V

—¿Satisfechos? —preguntó Lombard.

Los tres hombres registraron el dormitorio exhaustivamente, incluso le ordenaron desnudarse para examinar la ropa que llevaba puesta y todos sus trajes. Mientras tanto, la señorita Claythorne esperaba en el pasillo.

El registro continuó de manera metódica. El médico, Wargrave y Blore se sometieron a su vez al mismo tipo de examen.

Cuando salieron de la habitación de Blore, los cuatro hombres se unieron a Vera.

—Señorita Claythorne, espero que comprenda que

no podemos hacer una excepción con usted —le dijo el magistrado—. Es necesario encontrar ese revólver. ¿Guarda un traje de baño en su equipaje?

Vera afirmó con la cabeza.

—En ese caso, le ruego que entre en su cuarto, se lo ponga y regrese aquí.

Vera entró en la habitación y cerró la puerta. Al cabo de unos minutos reapareció con un traje de baño de tricota de seda que realzaba su cuerpo.

—Gracias, señorita Claythorne —dijo satisfecho el juez—. Espérenos aquí. Vamos a registrar su habitación.

Vera permaneció en el pasillo hasta el regreso de los hombres. Luego entró en su habitación, se vistió y se unió a ellos.

—Ahora estamos seguros de una cosa: ninguno de nosotros tiene armas ni venenos. Vamos a poner los fármacos a buen recaudo; creo que en la cocina hay una caja para guardar los cubiertos de plata.

—Todo eso está muy bien, pero ¿quién guardará la llave? ¿Usted? —preguntó Blore.

El juez no respondió.

Bajaron a la cocina y buscaron la caja. Siguieron las instrucciones del juez: guardaron los fármacos y la cerraron con llave. Después, bajo la vigilancia de Wargrave, introdujeron el estuche en el armario de la vajilla, que también cerraron con llave. Entonces, el juez le dio la llave de la caja a Lombard y la del armario a Blore.

—Ustedes son más fuertes que nosotros. Así será difícil para uno apoderarse de la llave del otro; en cuanto a nosotros tres, no podríamos quitárselas. El intento de forzar el armario (o la caja) me parece insensato. El ruido alertaría a los demás. —Hizo una pausa y prosiguió—:

Ahora tenemos que resolver otro problema: ¿dónde está el revólver del señor Lombard?

—Me parece que el propietario del arma es el único que puede responder a esa pregunta —señaló Blore.

Philip Lombard enfureció.

—¡Maldito cabezota! ¿No se lo he dicho? ¡Me lo han robado!

—¿Cuándo lo vio por última vez? —preguntó Wargrave.

—Anoche. Estaba en el cajón, lo tenía a mano por si lo necesitaba.

—Entonces, ha desaparecido esta mañana mientras buscábamos a Rogers, o después de descubrir su cadáver.

—Seguramente estará en algún sitio de la casa —declaró Vera—. Hay que buscarlo.

El juez Wargrave se acarició la barbilla.

—Dudo del resultado de nuestras pesquisas. El asesino ha tenido tiempo de guardarlo en un lugar seguro. Creo que nos costará mucho encontrarlo.

Blore se expresó con voz enérgica.

—Ignoro dónde se oculta el revólver, pero me parece saber dónde encontrar la jeringuilla. Síganme.

Abrió la puerta de la entrada y los condujo fuera de la casa. Delante de la ventana del comedor vieron la jeringuilla y, a su lado, una estatuilla de porcelana rota. El sexto soldadito.

—La jeringuilla no podía estar en otro sitio —añadió triunfante—. Después de asesinar a la señorita Brent, el criminal abrió la ventana y arrojó la jeringuilla. Luego cogió el soldadito y lo lanzó por el mismo sitio.

No encontraron ninguna huella dactilar en la jeringuilla; la habían limpiado con sumo cuidado.

—Ahora busquemos el revólver —dijo Vera con decisión.

—Sí —añadió el juez—, pero no nos separemos; recuerden que, si nos dividimos, le daremos una oportunidad al asesino.

Registraron la casa minuciosamente, desde el sótano hasta el desván, pero no obtuvieron ningún resultado.

¡Ni rastro del revólver!

Capítulo 13

I

«¡Uno de nosotros, uno de nosotros..., uno de nosotros!»

Esas palabras, repetidas sin cesar, horadaban una y otra vez sus mentes despiertas. Cinco personas obsesionadas por el miedo. Cinco personas que se espiaban mutuamente, sin molestarse en disimular su nerviosismo.

Ahora ya no fingían ni intentaban entablar conversaciones formales. Eran cinco enemigos encadenados por el instinto de conservación.

De repente, dejaron de comportarse como seres humanos y descendieron al nivel de las bestias. Como una vieja tortuga cautelosa y precavida, el juez Wargrave se sentaba encogido y con la mirada alerta. El exinspector Blore parecía moverse con movimientos más torpes: su manera de andar semejaba la de un oso con los ojos inyectados en sangre. Todo él respiraba ferocidad y brutalidad; era como un animal de presa esperando caer sobre sus perseguidores.

En cuanto a Philip Lombard, sus instintos se habían aguzado. Su oído percibía cualquier ruido. Su paso era más ligero y rápido; su cuerpo, más flexible y ágil. Sonreía con frecuencia, dejando al descubierto unos dientes blancos y afilados.

Vera Claythorne estaba muy callada. Pasaba la mayor parte del día acurrucada en una butaca, con los ojos abiertos, mirando al vacío. Parecía un pajarillo que acabara de estrellarse contra un cristal y hubiera sido recogido por una mano humana. Asustada, incapaz de moverse, esperaba sobrevivir manteniendo una inmovilidad absoluta.

El doctor Armstrong tenía los nervios a flor de piel. Tics nerviosos contraían su rostro; las manos le temblaban. Encendía un cigarrillo tras otro y los apagaba después de dar unas cuantas caladas. La inacción obligada hacía más mella en él que en sus compañeros. De vez en cuando lanzaba un torrente de divagaciones...

—Nosotros... no debemos permanecer de brazos cruzados. ¡Tenemos que hacer algo! ¡Tratar de encontrar el medio de salir de este infierno! ¿Y si encendiéramos una hoguera?

—¿Con este tiempo? —respondió Blore.

Otra vez llovía a cántaros. El viento huracanado y el continuo tamborileo del agua azotando los cristales acabaron por volverlos locos.

Los cinco supervivientes habían adoptado de forma tácita un plan de campaña. Permanecían en el salón y nunca más de una persona a la vez abandonaba la estancia, mientras los otros cuatro esperaban su regreso.

—Es solo cuestión de tiempo —observó Lombard—. La lluvia amainará y podremos hacer algo: señales, encender un fuego, construir una balsa, en fin, cualquier cosa.

—¿Tiempo?... ¡No tenemos tiempo! —exclamó Armstrong, y soltó una risotada—. Estaremos muertos...

—No si permanecemos alerta —declaró el juez con voz clara y decidida—. Tenemos que estar alerta.

La comida del mediodía fue despachada sin etiqueta. Los cinco se reunieron en la cocina. En la despensa encontraron conservas. Abrieron una lata de lengua de vaca y dos de fruta.

Comieron de pie, alrededor de la mesa de la cocina.

Luego, como un solo hombre, volvieron al salón para sentarse; sentarse y vigilarse atentamente los unos a los otros.

Los pensamientos que se arremolinaban en sus cerebros eran febriles, malsanos.

«Es Armstrong..., lo vi mirarme de reojo hace un momento. Tiene ojos de loco. Quizá sea tan médico como yo... Eso mismo, es un loco escapado de un manicomio y se hace pasar por doctor... Esa es la verdad. ¿Debo decírselo a los otros? ¡Proclamar la verdad!... No, pues se pondría aún más en guardia. Por otra parte, disimula muy bien, haciéndonos creer que está cuerdo. ¿Qué hora es? Solo las tres y cuarto... ¡Oh, Dios mío! Es para volverse loco. No hay duda alguna, es Armstrong. Y está observándome.»

«¡No, no me atraparán! ¡Soy lo bastante fuerte para defenderme! No sería la primera vez que me encuentro en situaciones críticas... ¿Adónde demonios ha ido a parar mi revólver? ¿Quién lo habrá robado? ¿Quién lo tiene ahora? ¡Nadie, claro...! Nos hemos registrado todos, nadie lo tiene..., ¡pero alguien sabe dónde está!»

«Están volviéndose locos..., han perdido la cabeza..., tienen miedo a morir..., todos tememos a la muerte..., yo la temo, no obstante eso no impide que se acerque... El coche fúnebre espera a la puerta, señor. ¿Dónde he leído eso? La joven..., vigilaré a esa joven..., sí, la vigilaré mejor...»

«Las cuatro menos veinte..., ¡solo son las cuatro menos veinte! El reloj debe de haberse parado..., no lo entiendo, no lo entiendo... Esta clase de cosas no pueden ocurrir..., están ocurriendo... ¿Por qué no nos despertamos? ¡Arriba! ¡Es el día del Juicio Final! No, me equivoco... Si pudiera al menos reflexionar..., mi cabeza, mi pobre cabeza... va a estallar, a partirse en dos... Ocurren cosas inconcebibles. ¿Qué hora es? ¡Dios mío, solo las cuatro menos cuarto!»

«Es necesario que conserve toda mi sangre fría... Si por lo menos no perdiera la cabeza..., todo está clarísimo... y resuelto... Pero nadie debe sospechar. Tiene que salir bien... a toda costa. ¿A quién le tocará ahora? Eso es lo único que en este instante importa. ¿A quién? Sí, yo creo..., ¿a él?»

Cuando el reloj dio cinco campanadas, todos se sobresaltaron.

—¿Alguien quiere tomar el té? —preguntó Vera.

Durante un momento continuó el silencio.

—Yo tomaría una taza con mucho gusto —dijo Blore.

Vera se levantó.

—Voy a prepararlo. Quédense aquí, si quieren.

—Preferimos ir con usted y mirar cómo lo hace, mi querida señorita —le respondió Wargrave.

—¡Ya lo suponía! —contestó Vera con una risita nerviosa, mirándolo fijamente.

Los cinco se dirigieron a la cocina. Vera preparó el té y se tomó una taza acompañada de Blore. Los otros bebieron whisky. Descorcharon una botella y cogieron un sifón de una caja que todavía no se había abierto.

El juez murmuró con una sonrisa de reptil:

—¡Tenemos que ser muy precavidos!

Volvieron al salón. Aunque era verano, la estancia estaba oscura. Lombard dio la vuelta a la llave de la luz, pero las lámparas no se encendieron.

—Menuda novedad —señaló—. El motor del generador no funciona desde que Rogers ya no puede encargarse de él. —Vaciló unos instantes y añadió—: Podríamos ir a ponerlo en marcha.

—He visto un paquete de velas en la despensa. Es mejor usarlas —indicó el juez.

Lombard salió de la habitación. Los otros cuatro continuaron sentados sin dejar de espiarse.

El capitán volvió con una caja de velas y unos cuantos platillos. Encendieron cinco velas y las colocaron en diferentes sitios del salón.

Eran las seis menos cuarto.

II

A las seis y veinte, Vera, cansada de estar sentada sin moverse, decidió ir al dormitorio y refrescarse la cara y las sienes con agua fría.

Se levantó y se dirigió hacia la puerta, pero retrocedió enseguida para coger una vela de la caja. La encendió y dejó caer algunas gotas de cera en un platillo para asegurarse de que se sostuviera. Salió del salón y cerró la puerta, dejando a los cuatro hombres solos. Subió la escalera y recorrió el pasillo que llevaba a su dormitorio.

Al abrir la puerta del cuarto, se detuvo de repente y permaneció inmóvil.

Las aletas de su nariz se estremecieron.

El mar, el olor del mar de Saint Tredennick.

Sí, eso era, no podía equivocarse. Pero en una isla no tenía nada de raro que se respirara la brisa del mar; esto era diferente. Este olor era el mismo de aquel día en la playa, cuando la marea bajaba y dejaba al descubierto las rocas cubiertas de algas secándose al sol.

«¿Puedo nadar hasta las rocas, señorita Claythorne? ¿Por qué no me deja ir hasta allá?»

¡Qué niño más consentido! Sin él, Hugo habría sido rico... y libre de casarse con la mujer que amaba.

Hugo... Hugo... Estaría seguramente cerca de ella, quizá la esperaba en su habitación.

Avanzó un paso y la corriente de aire apagó la vela.

La oscuridad le dio miedo.

«¡No seas tonta! —se dijo Vera—. No ocurre nada. Los demás están abajo. Los cuatro. No hay nadie en mi cuarto. No puede haber nadie. No haces más que imaginarte cosas.»

Pero aquel olor, el olor de la playa de Saint Tredennick. No eran imaginaciones suyas. Era real. Y había alguien en la habitación... Había oído un ruido. Estaba segura de ello...

Entonces, mientras estaba de pie, aguzando el oído, una mano fría y pegajosa le agarró el cuello; una mano mojada, que olía a mar.

III

Vera gritó. Gritó y gritó, gritó aterrorizada, desesperada, pidiendo ayuda.

No oyó los ruidos que procedían del salón. La caída de una silla. Una puerta abierta con violencia y pasos que subían corriendo por la escalera. Vera solo era consciente del terror.

Solo recuperó la cordura cuando las luces alumbraron la entrada —la luz de las velas— y los hombres entraron a la carrera.

—¡Dios mío! ¿Qué ha pasado? ¿Qué es esto?

Vera se estremeció, avanzó un paso y cayó desvanecida. Le pareció que alguien, inclinado sobre ella, la obligaba a bajar la cabeza hasta las rodillas. Entonces, al oír una exclamación: «¡Dios, miren esto!», volvió en sí. Abrió los ojos y levantó la cabeza. Vio lo que los hombres miraban a la luz de las velas.

Una cinta de algas ancha y empapada colgaba del techo. Eso era lo que en la oscuridad le había rozado el cuello y había tomado por una mano viscosa, la mano de un ahogado que había regresado del reino de las sombras para quitarle la vida...

Vera se echó a reír histéricamente.

—Era un alga marina, solo un alga..., ¡ese era el olor!...

De nuevo perdió el conocimiento. Olas enormes se arrojaban sobre ella. Una vez más, alguien le sujetaba con fuerza la cabeza, obligándola a ponerla entre las rodillas.

Tuvo la sensación de que había pasado una eternidad. Le daban algo para beber y le ponían el vaso en la boca. Sintió el olor del alcohol. Iba a beber agradecida cuando una voz interior, una señal de alarma, resonó en su cabeza. Se enderezó y rechazó la bebida.

—¿De dónde ha sacado esto? —inquirió en tono áspero.

Antes de responder, Blore la miró intensamente.

—He ido a buscarlo abajo.

—No quiero tomármelo.

Tras guardar silencio, Lombard se echó a reír.

—¡Enhorabuena, Vera! —exclamó—. Usted no pierde la cabeza a pesar del miedo que ha pasado hace un instante. Voy a buscar una botella que esté sin descorchar.

Se alejó rápidamente.

—Ya estoy mucho mejor —declaró Vera—. Prefiero beber un poco de agua.

Ayudada por el doctor Armstrong, se puso en pie y se dirigió al lavabo agarrada al médico para no caerse. Abrió el grifo del agua fría y llenó un vaso.

—Este coñac es inofensivo —dijo Blore molesto.

—¿Cómo lo sabe usted? —le preguntó Armstrong.

—No he echado nada dentro —protestó Blore furioso—. Aunque usted quiera hacer creer lo contrario.

Armstrong insistió:

—No lo acuso de nada, pero cualquiera podría haber manipulado esa botella para la ocasión.

Lombard volvió a entrar en la habitación con otra botella de coñac y un sacacorchos; dio la botella a Vera para que viera que estaba intacta.

—Tenga, amiga mía, no la engañarán esta vez. —Quitó la cápsula de estaño y descorchó la botella—. Por fortuna, la provisión de licores no se agotará tan fácilmente. Este U. N. Owen es la previsión en persona.

Vera se estremeció ostensiblemente. Armstrong sostuvo la copa mientras Philip la llenaba.

—Beba, señorita —aconsejó este—, acaba de llevarse un gran susto.

Vera mojó sus labios en la copa, y el color reapareció en sus mejillas.

—Afortunadamente, he aquí un crimen frustrado que no se ha ajustado al programa —dijo Lombard, riéndose.

—¿Usted cree que querían matarme? —preguntó Vera.

—Esperaban... —añadió Lombard— que muriera del susto. Eso les ocurre a algunas personas, ¿verdad, doctor?

Sin comprometerse, Armstrong respondió, ligeramente incrédulo:

—¡Hum! Es imposible confirmarlo, la señorita Claythorne es joven y fuerte..., no padece ninguna afección cardíaca. Es poco probable. Por otro lado...

Tomó el vaso de coñac que había traído Blore, mojó el dedo y lo probó con precaución. La expresión de su rostro se mantuvo imperturbable.

—Tiene un sabor normal —añadió con cierta desconfianza.

Blore se adelantó furioso.

—Si se atreve a insinuar que lo he envenenado, le aseguro que le parto la cara.

Vera, reconfortada gracias al coñac, intentó desviar la conversación.

—¿Dónde está el juez Wargrave? —preguntó.

Los tres hombres cruzaron sus miradas.

—¡Qué raro, creía que subía con nosotros!

—También yo —dijo Blore—. Y usted, doctor, ¿no subía detrás de mí?

—Tenía la impresión de que me seguía —añadió Armstrong—. Claro que, como es un anciano, camina más despacio que nosotros.

Volvieron a mirarse.

—¡Qué raro! —exclamó Lombard.

—Vamos a buscarlo —propuso Blore.

Se dirigió hacia la puerta, seguido por los otros dos hombres y Vera en último lugar. Cuando bajaban por la escalera, Armstrong dijo por encima del hombro:

—Quizá se ha quedado en el salón.

Atravesaron el vestíbulo y el médico llamó al juez en voz alta:

—Wargrave, Wargrave, ¿dónde está usted?

Un silencio mortal quebrado solo por el ruido monótono de la lluvia fue lo único que oyeron.

Al llegar a la entrada del salón, Armstrong se detuvo. Los demás, tras él, miraban por encima de sus hombros. Se oyó un grito.

El juez Wargrave estaba sentado al fondo de la habitación en un butacón de respaldo alto. A cada lado había una vela encendida. Pero lo que más los sorprendió fue que vestía su toga roja de magistrado y llevaba puesta la peluca.

El médico hizo un gesto a los demás para que retrocedieran. Atravesó la habitación como si estuviera ebrio y se acercó a la figura silenciosa del juez. Sin apartar la mirada de él, se inclinó sobre el magistrado y examinó su semblante inerte. Con gesto brusco le quitó la peluca, que cayó al suelo, dejando al descubierto la frente, en la que aparecía un agujero redondo, teñido de rojo.

Armstrong le levantó la mano e intentó tomarle el pulso.

—Ha muerto de un disparo —dijo con voz monótona, apagada, distante.

—¡Dios mío...! —gritó Blore—. ¡El revólver!

—Ha recibido un balazo en mitad de la frente; la muerte ha sido instantánea —afirmó el médico en voz baja.

Vera se agachó ante la peluca y exclamó horrorizada:

—¡La lana gris que perdió la señorita Brent!

—Y la cortina roja que faltaba en el cuarto de baño —añadió Blore.

—Para esto querían esos objetos —observó Vera.

De repente, Lombard estalló en una risa nerviosa, mientras recitaba:

—«¡Cinco soldaditos estudiaron Derecho. Uno de ellos se doctoró y quedaron: cuatro!» Este es el final del sanguinario juez Wargrave. ¡Ya no dictará más sentencias! ¡Ya no se pondrá más su birrete negro! ¡Ya no enviará más inocentes al cadalso! ¡Ha presidido el tribunal por última vez! ¡Lo que se reiría Edward Seton si se encontrara aquí ahora! ¡Dios, cómo se reiría!

Sus palabras escandalizaron a los demás.

—¡Esta mañana usted mismo lo acusó de ser el asesino! —gritó Vera.

El rostro de Lombard cambió de expresión. Más calmado, dijo en voz baja:

—En efecto, lo hice..., pero me equivoqué. Uno más de nosotros ha demostrado ser inocente... ¡demasiado tarde!

Capítulo 14

I

Trasladaron el cadáver del juez Wargrave a su dormitorio y lo tendieron en la cama. Después bajaron al vestíbulo y se detuvieron indecisos, interrogándose con la mirada.

—¿Qué hacemos ahora? —preguntó Blore.

—Primero vamos a cenar. Tenemos que comer algo —se apresuró a contestar Lombard.

Una vez más regresaron a la cocina; abrieron una lata de lengua de vaca y los cuatro comieron mecánicamente y sin apetito.

—¡Jamás volveré a comer lengua! —exclamó Vera.

Cuando terminaron de cenar, permanecieron sentados alrededor de la mesa, mirándose unos a otros.

—Ahora somos cuatro —declaró Blore—. ¿Quién será el próximo?

El médico, con la mirada perdida, respondió sin pensar:

—Tomaremos toda clase de precauciones...

—Las mismas palabras que dijo él... y ¡ahora está muerto! —afirmó Blore.

—Me pregunto cómo habrá ocurrido —dijo el médico.

—¡Una trampa muy astuta! —señaló Lombard—. Colgaron las algas en el techo de la habitación de la señorita Claythorne y funcionó como estaba previsto. Nos precipitamos hacia su dormitorio convencidos de que ella iba a ser la siguiente víctima y, aprovechando la confusión, alguien pilló al juez por sorpresa.

—¿Por qué nadie oyó el disparo? —preguntó Blore.

Lombard negó con la cabeza.

—La señorita Claythorne gritaba como una condenada, el viento aullaba y nosotros nos dedicamos a correr de un lado para otro llamándola. Es lógico que no oyéramos nada. Pero ahora no volverá a engañarnos con ese truco. Tendrá que ser más listo la próxima vez.

—Probablemente lo será —añadió Blore.

El tono de su voz era desagradable; los otros intercambiaron una mirada.

—Somos cuatro —dijo Armstrong—, y no sabemos cuál...

—¡Yo lo sé! —afirmó Blore.

—No dudo que... —comenzó a decir Vera.

—Yo creo realmente conocer... —insinuó Armstrong con calma.

—A mí me parece que tengo una buena idea de... —añadió Lombard.

De nuevo todos se miraron entre sí.

Vera se levantó tambaleándose.

—Me encuentro mal, voy a acostarme. No puedo más.

—Haríamos bien en imitar su ejemplo —dijo Lombard—. No sirve de nada seguir aquí sentados mirándonos.

—No tengo objeción alguna —asintió Blore.

—Es lo mejor que podemos hacer —murmuró el médico—, aunque dudo que alguien pueda dormir.

Se dirigieron hacia la puerta.

—Me gustaría saber dónde está el revólver —comentó Blore.

II

Los cuatro subieron la escalera y la escena que tuvo lugar parecía sacada de una farsa.

Cada uno se hallaba delante de su habitación con la mano puesta en el pomo de la puerta. Como si hubieran esperado una señal, entraron al mismo tiempo, cerraron las puertas y se oyó el ruido de cuatro cerrojos, un rechinar de llaves y muebles al ser arrastrados.

Cuatro personas asustadas se habían atrincherado para pasar la noche.

III

Philip Lombard lanzó un suspiro de alivio cuando puso una silla debajo del picaporte para atrancar la puerta. Se dirigió a la mesilla de noche. A la luz de la vela, se miró al espejo para estudiar sus rasgos.

—Sí, todas estas historias comienzan a alterarte la mente —se dijo en voz baja mientras esbozaba una sonrisa de lobo.

Se desnudó rápidamente y puso el reloj encima de la mesilla antes de abrir el cajón. Se quedó sorprendido al ver que en su interior se hallaba el revólver.

IV

Vera Claythorne estaba acostada. La vela seguía encendida; no tenía valor para apagarla, la oscuridad le daba miedo...

No cesaba de repetirse lo mismo: «No te pasará nada. ¡Anoche no pasó nada! ¡Esta noche tampoco pasará nada! Has cerrado la puerta con llave y has echado el cerrojo, nadie puede entrar en la habitación...

»Es cierto. Puedo quedarme encerrada aquí. La cuestión de la comida es secundaria. Me quedaré aquí hasta que vengan a socorrernos, aunque sean uno o dos días...

»Quedarme encerrada aquí, ¡bien! Pero ¿sería capaz? ¡Hora tras hora, sin hablar con nadie, sin hacer nada más que pensar!

»Volvería a pensar en Cornualles, en Hugo..., en lo que dijo Cyril».

Un niño terrible, que no cesaba de importunarla...

—¿Por qué no puedo nadar hasta las rocas, señorita Claythorne? Puedo hacerlo. Sé que puedo.

¿Era su voz la que había contestado?

—Claro que puedes, Cyril. Ya lo sé.

—Entonces ¿puedo ir, señorita Claythorne?

—Compréndelo, Cyril; mamá se preocuparía por ti. Haremos un trato: mañana te dejaré nadar hasta las rocas mientras entretengo a tu mamá para que no te vea, y cuando estés en las rocas le haces señales y verás qué contenta se pone; menuda sorpresa se llevará.

—¡Ah! Es usted muy buena, señorita Claythorne, será muy divertido.

Lo había dicho. «¡Mañana!» Hugo estaría en Newquay todo el día y, cuando volviera, todo habría terminado.

Pero ¿y si no ocurría nada? A lo mejor lograban salvar a Cyril. Y entonces él diría: «La señorita Claythorne me ha dejado ir hasta las rocas».

Pero había que correr ese riesgo. Si sucedía lo peor, ella se defendería con sus argumentos. «¿Cómo puedes decir semejante mentira, Cyril? ¡Nunca te he dado permiso!» Sin duda alguna, la creerían a ella. Cyril solía contar mentiras. Era un embustero. Claro que Cyril lo sabría. Pero no importaba... Además, no ocurriría nada. Fingiría que quería salvarlo, nadaría tras él. Pero llegaría demasiado tarde... Nadie sospecharía de ella.

¿Hugo lo había sospechado? ¿Qué significaba aquella mirada tan extraña que le había dirigido? ¿Lo sabía Hugo?

¿Por ese motivo desapareció después de la investigación?

Jamás contestó a sus cartas... ¡Hugo!

Vera daba vueltas en la cama. No, no. No debía pensar más en Hugo. La hacía sufrir demasiado. Aquello estaba muerto y enterrado. Debía olvidar a Hugo.

¿Por qué esa noche tenía la sensación de que estaba a su lado?

Levantó la vista hacia el techo y se fijó en un gancho negro clavado en el centro.

Nunca lo había visto antes. Allí era donde había encontrado el alga colgada.

Se estremeció al recordar aquella sensación fría y húmeda alrededor del cuello. No le gustaba aquel gancho en el techo. Sin embargo, la fascinaba, pues atraía irresistiblemente su mirada..., aquel gran gancho negro...

V

El exinspector Blore estaba sentado en el borde de la cama con el rostro hinchado. Sus ojos pequeños, inyectados en sangre, brillaban alertas. Parecía una bestia salvaje lista para saltar.

No deseaba dormir. La amenaza del peligro era cada vez más angustiosa. Seis de diez. A pesar de toda su sagacidad, astucia y precaución, el viejo magistrado estaba muerto como los demás.

Blore dio un resoplido lleno de salvaje satisfacción.

¿Qué había dicho ese viejo?

«Tendremos que estar alerta...»

¡El viejo hipócrita, tan correcto y presumido! ¡Sentado en el estrado como Dios Todopoderoso! ¡Y, a pesar de todo, había recibido su merecido! ¡Ahora no necesitaba estar alerta!

Ahora solo quedaban cuatro: la chica, Lombard, Armstrong y él.

Pronto caería alguno de ellos, aunque no sería William Henry Blore; ya se encargaría él de que no fuera así.

Pero ¿dónde estaba ese condenado revólver? Ese era el quid de la cuestión, el revólver...

Sentado en la cama, con la frente surcada de arrugas, los párpados entornados, Blore meditaba sobre la inexplicable desaparición del arma.

En el silencio oyó las campanadas del reloj. Medianoche. Se relajó un poco, incluso se tumbó en la cama. Pero no se desnudó.

Permanecía inmóvil, sumido en sus propios pensamientos. Pasaba revista a los acontecimientos ocurridos con la misma meticulosidad con que procedía cuando era policía. Solo podía obtenerse un resultado satisfactorio si se empleaba un buen método.

La vela se agotaba. Se aseguró de tener a mano las cerillas y apagó la llama. Cosa rara; la oscuridad redobló su inquietud, su cerebro estaba invadido por temores ancestrales. Caras que flotaban en el aire: la del juez con su ridícula peluca de lana gris; la del señor Rogers, fría y muerta; el rostro convulso de Anthony Marston, y otra cara, pálida, con gafas y un bigotito rubio.

Era un rostro que ya había visto antes. Pero ¿cuándo? No en la isla. No, mucho tiempo atrás.

No lograba recordar quién era... Un semblante bastante estúpido... Aquel individuo tenía cara de bobo.

¡Desde luego!

De pronto lo recordó y fue como el estallido de una bomba.

¡Landor!

¿Cómo había olvidado esa cara? ¡Ayer mismo había intentado recordar el rostro de aquel tipo y no lo había logrado!

Y ahora lo percibía con todos sus rasgos bien definidos. Como si acabara de verlo el día anterior.

Landor estuvo casado con una mujer delgada y de aspecto preocupado. También tenía una hija de unos catorce años. Por primera vez se preguntó qué habría sido de ellas.

El revólver. ¿Dónde estaba el revólver? Esta pregunta era la más importante.

Cuanto más pensaba en ello, más confuso se sentía. No lograba entender cómo había podido desaparecer. Alguien se había apoderado de él...

En el reloj sonó la una de la madrugada.

Los pensamientos cesaron de repente. Se sentó en la cama de un salto, con los sentidos alerta: acababa de percibir un ruido muy tenue al otro lado de la puerta.

Alguien se movía en la casa resguardado por las tinieblas.

Tenía la frente cubierta de sudor. ¿Quién se deslizaba furtivamente por el pasillo? Alguien con malas intenciones. Estaba seguro de ello.

A pesar de su peso, saltó de la cama sin hacer ruido y se acercó a la puerta para escuchar. Pero el sonido no se repitió, aunque estaba seguro de no haberse equivocado. Había oído pasos al otro lado de la puerta. Se le erizó el vello. Volvía a tener miedo...

Alguien se deslizaba furtivamente... De nuevo prestó atención... Otra vez silencio...

Tuvo la tentación de abrir la puerta y averiguar de una vez por todas de quién se trataba. ¡Si pudiera descubrir quién rondaba en la oscuridad! Pero sería una locura abrir la puerta; pues seguramente eso era lo que esperaba el otro, que saliera del dormitorio llevado por la curiosidad.

Se quedó inmóvil, el oído alerta. Le parecía oír ruidos por todas partes: murmullos, crujidos. Pero su parte más racional le decía que esos ruidos eran fruto de su imaginación desbocada.

De repente percibió un ruido que no era una ilusión. Pisadas amortiguadas, cautelosas, aunque audibles para alguien que escuchara con todos los sentidos en estado de alerta, como Blore.

Alguien se deslizaba a lo largo del pasillo —las habitaciones de Lombard y Armstrong estaban al fondo— y pasaba por delante de su puerta sin la menor vacilación.

En ese preciso momento tomó la decisión de descubrir el origen de esas pisadas. Quien fuera, en esos instantes bajaba por la escalera. ¿Adónde se dirigiría?

Cuando Blore se ponía en acción, a pesar de su corpulencia, lo hacía con celeridad.

De puntillas se acercó a la cama. Guardó la caja de cerillas en uno de sus bolsillos, desenchufó la lámpara y enrolló el cordón. La lámpara era de acero cromado y tenía la base de ebonita; un arma muy útil.

Sin hacer ruido, atravesó la estancia, retiró la silla de la puerta, descorrió el cerrojo y abrió. Avanzó por el pasillo y, procedente del vestíbulo, llegó hasta él un ruido apagado. Corrió hacia la escalera con los calcetines puestos.

En ese momento comprendió por qué había oído los pasos con tanta claridad. El viento había remitido y el cielo empezaba a despejar. Por la ventana del pasillo, un pálido rayo de luna iluminaba el vestíbulo y vio una figura humana que salía por la puerta principal.

Bajó los peldaños corriendo detrás de ella, pero se detuvo en seco. ¿Una vez más iba a comportarse como un necio? ¡No, no iba a caer en la trampa que le preparaba el fugitivo para conducirlo hasta el exterior de la mansión!

Pero ¡el otro sí que acababa de cometer una tontería! Solo tenía que averiguar cuál de las tres habitaciones estaba vacía.

Sin hacer ruido, volvió al pasillo y llamó a la puerta de Armstrong. No obtuvo respuesta. Esperó un minuto y golpeó en la de Lombard. Este respondió enseguida.

—¿Quién está ahí?

—Soy Blore. Armstrong no está en su cuarto; no se mueva. Voy a llamar a la puerta del cuarto de Vera.

—¡Señorita Claythorne! ¡Señorita Claythorne!

—¿Qué pasa? ¿Qué pasa? —respondió Vera asustada.

—Tranquilícese, señorita Claythorne. Espere un minuto. Regreso enseguida.

Volvió a llamar a la puerta de Lombard. Este lo esperaba con una vela en la mano izquierda y la derecha metida en el bolsillo de la chaqueta del pijama. Se había puesto los pantalones sobre el pijama.

—¿Qué demonios ocurre?

Blore le explicó la situación resumidamente. Los ojos de Lombard centellearon.

—¿Armstrong, eh? Así que él es nuestro verdugo. —Se dirigió hacia la puerta del médico y le comentó a Blore—: Perdóneme, pero es que ya no me creo nada de nadie.

Golpeó la puerta.

—Armstrong... Armstrong.

No obtuvo respuesta. Lombard se arrodilló y miró por la cerradura. Introdujo un tembloroso dedo meñique en el ojo de la cerradura y dijo:

—No tiene la llave puesta.

—Debe de haber cerrado por fuera y haberse llevado la llave —dedujo Blore.

Lombard asintió.

—Una precaución lógica —afirmó—. Lo atraparemos, Blore. Esta vez lo tenemos. Espere un segundo.

Corrió hacia la puerta de Vera y la llamó:

—¿Vera?

—Sí.

—Vamos a buscar al doctor. No se encuentra en su habitación. No abra la puerta bajo ningún concepto, ¿de acuerdo?

—De acuerdo.

—Si Armstrong sube y le dice que tanto Blore como yo hemos muerto, no le haga caso. No abra la puerta más que a Blore o a mí. ¿Lo ha comprendido?

—Sí, no soy tan tonta.

—¡Perfecto!

Lombard se reunió con Blore.

—Y ahora vayamos tras él —dijo—. Que empiece la caza.

—Debemos tener mucho cuidado —recomendó Blore—. No olvide que tiene un revólver.

—¡En eso se equivoca! —exclamó Lombard riendo mientras bajaba la escalera. Abrió la puerta—. El cerrojo no está echado... Podría volver de un momento a otro —continuó—. Soy yo quien tiene el revólver. Esta noche he vuelto a encontrarlo en el cajón —dijo, y se lo mostró.

Blore se detuvo ante la puerta y Lombard percibió el cambio de expresión en su rostro.

—¡No sea idiota, Blore! No voy a matarlo y, si tiene miedo, quédese en su cuarto, pero yo voy a buscar a Armstrong.

Se alejó alumbrado por la luz de la luna. Blore dudó un instante y lo siguió. Mientras caminaba, pensó: «Tengo la impresión de ir tras mi desgracia. Después de todo...».

Después de todo, no era la primera vez que tenía que habérselas con criminales armados. Blore tenía muchos defectos, pero no le faltaba el valor ante el peligro. La lucha en terreno abierto no le daba miedo, pero todo aquello que escapara a su entendimiento lo horrorizaba en extremo.

VI

Mientras esperaba los resultados de la persecución, Vera se levantó y se vistió. Miró la puerta en un par de ocasiones; parecía muy sólida. Además, había echado la llave y el cerrojo, y una silla bajo el pomo de la cerradura la atrancaba. No podrían derribarla, al menos no el doctor Armstrong, ya que no era un hombre de constitución fuerte.

Si Armstrong quería matarla, emplearía la astucia y no la fuerza. Vera se entretuvo pensando en cómo lo haría.

Quizá, como había sugerido Lombard, diría que uno de los dos hombres estaba muerto. O tal vez fingiera estar mortalmente herido y se arrastrara gimiendo hasta su puerta. Aunque también podría fingir, por ejemplo, que la casa estaba en llamas, e incluso él mismo podría provocar un incendio.

Sí, esa era una posibilidad. Primero haría que los dos hombres salieran de la casa y, luego, derramaría gasolina por toda la mansión y arrojaría una cerilla encendida. Y ella, como una tonta, permanecería emparedada en su habitación hasta que fuera demasiado tarde.

Se dirigió hacia la ventana. No había demasiada distancia. En caso de necesidad podría saltar sin arriesgar su vida. La altura era considerable, pero el arriate que había debajo amortiguaría la caída.

Se sentó a la mesa y empezó a escribir en su diario con letra clara y fluida. Tenía que matar el tiempo.

Se incorporó de repente. Creyó oír abajo un ruido semejante al de cristales rotos. Permaneció inmóvil, pero el ruido no se repitió. Percibió pasos furtivos, crujidos en la escalera, un roce de vestidos, pero nada concreto, y, al igual que Blore, acabó por creer que todo aquello era producto de una imaginación desbocada.

No obstante, acto seguido oyó, con total claridad, murmullos de voces..., pisadas que subían por la escalera, puertas que se abrían y se cerraban, ruidos en el desván y, por último, pasos en el descansillo y la voz de Lombard que decía:

—¡Vera! ¿Está usted bien?

—Sí, ¿qué pasa?

—Ábranos —pidió Blore.

La joven se dirigió hacia la puerta, retiró la silla, giró la llave en la cerradura y descorrió el cerrojo. Los dos hombres aparecieron ante ella jadeantes, con los zapatos y los bajos del pantalón mojados.

—Pero ¿qué ha pasado? —insistió la joven.

—¡Armstrong ha desaparecido! —respondió Lombard.

VII

—¿Qué? —gritó Vera.

—Ha desaparecido —repitió Lombard.

—Se ha desvanecido como por arte de magia —confirmó Blore.

—Eso es una estupidez —protestó Vera—. Se habrá escondido en algún sitio.

—¡De ninguna manera! —añadió Blore—. No hay ningún lugar en esta isla donde ocultarse. El acantilado está tan desnudo como su mano. Además, la luz de la luna ha iluminado nuestra búsqueda como si fuera de día. No hemos podido encontrarlo.

—Habrá vuelto a la casa —aventuró Vera.

—También nosotros hemos pensado en ello y lo hemos registrado todo —añadió Blore—, desde el sótano hasta el desván. Seguramente usted misma nos habrá oído. No, no está aquí, se lo aseguro; se ha esfumado como el humo.

—No creo una sola palabra de lo que dicen.

—Pues es la verdad —intervino Lombard, quien agregó tras hacer una pausa—: Queremos hacerla partícipe de nuestro último descubrimiento. Un cristal de la ventana del comedor está roto... y no quedan más que tres soldaditos sobre la mesa.

Capítulo 15

I

Tres personas desayunaban en la cocina. El sol brillaba en el exterior y hacía una mañana espléndida. En esos momentos, la tormenta pertenecía al pasado.

Con el cambio de tiempo también se produjo un cambio en el ánimo de los tres prisioneros de la isla.

Se sentían como si acabaran de despertar de una pesadilla. El peligro aún existía, pero era un peligro a la luz del día. Se había disipado la atmósfera de miedo que la jornada anterior los había envuelto como una manta mientras fuera soplaba el viento.

—Hoy intentaremos hacer señales de sol con un espejo desde el punto más elevado de la isla. Algún chico inteligente que pasee por el acantilado comprenderá que se trata de un SOS —explicó Lombard—. Por la noche podríamos encender una hoguera pero, como no tenemos mucha leña, quien la viera podría pensar que se trata de una fiesta.

—Seguro que alguien de la costa conocerá el alfabeto morse y no tardarán en venir a socorrernos... mucho antes de que anochezca —aventuró Vera.

—El cielo está despejado —indicó Lombard—, pero el mar continúa embravecido. ¡La marejada es terrible! No podrán llegar por lo menos hasta mañana.

—¡Otra noche en este horrible lugar! —exclamó la joven.

Lombard se encogió de hombros.

—Más vale tomarlo con resignación. Estaremos a salvo antes de veinticuatro horas, confío en ello. Si somos capaces de resistirlo, lo lograremos.

—Pero primero tenemos que resolver un asunto —dijo Blore—. ¿Qué le ha ocurrido a Armstrong?

—Creo que tenemos una prueba. En el comedor no quedan más que tres soldaditos. Eso indica que el doctor ha recibido su golpe de gracia.

—Entonces —replicó Vera—, ¿por qué no han encontrado su cadáver?

—Ese es el asunto que tenemos que resolver —observó Blore.

Lombard negó con la cabeza.

—Es muy extraño. No lo entiendo.

—Puede que lo hayan arrojado al mar —sugirió Blore sin mucho convencimiento.

—¿Quién? —preguntó Lombard—. ¿Usted? ¿Yo? Usted lo ha visto salir por la puerta y ha venido a buscarme a mi dormitorio. Salimos y lo buscamos por todas partes. ¿De dónde demonios saqué el tiempo para matarlo y llevarme el cadáver?

—Lo ignoro —respondió Blore—, aunque sí sé una cosa.

—¿Qué? —preguntó Lombard.

—El revólver. Era su revólver. Ahora está en su poder. No tenemos pruebas de que se lo robaran.

—¡Venga, Blore, me registraron igual que al resto de nosotros!

—Sí, y usted lo escondió antes de que lo registráramos y después volvió a cogerlo.

—¡Qué cabeza más dura! Le juro que volvieron a ponerlo en el cajón. Yo fui el primer sorprendido.

—¿Quiere usted que creamos una cosa así? ¿Por qué diablos iba Armstrong u otro cualquiera a devolverlo a su lugar?

Lombard se encogió de hombros derrotado.

—No tengo la menor idea. Todo esto no es más que una locura, esta historia no tiene ni pies ni cabeza.

Blore manifestó su asentimiento.

—Efectivamente, podría haber inventado otra mejor.

—Eso prueba que le he dicho la verdad.

—Yo no lo veo de ese modo.

—No faltaría más —se mofó Philip.

—Escúcheme, señor Lombard; si es usted un hombre honrado como dice...

—¿Cuándo he dicho yo que sea un hombre honrado? Nunca.

Blore continuó imperturbable:

—Si nos ha contado la verdad, solo nos queda un camino que tomar. Mientras usted conserve el revólver, la señorita Claythorne y yo estamos a su merced. Lo más sensato es que guardemos el arma con los otros objetos encerrados en el armario. Usted y yo seguiremos custodiando las llaves.

Philip Lombard encendió un cigarrillo. Lanzó una bocanada de humo y replicó:

—¡No sea usted necio!

—¿No acepta mi proposición?

—No. El revólver me pertenece. Lo necesito para defenderme, y me lo quedo.

—En ese caso debemos concluir que...

—¿Que soy U. N. Owen? Piense lo que quiera. Pero si así fuera, ¿por qué no lo maté anoche con él? He tenido muchas ocasiones para hacerlo.

Blore agachó la cabeza.

—No lo sé, y eso es un hecho —admitió—. Sin duda tendrá sus razones.

Vera se había mantenido al margen de la discusión. No obstante, en ese momento decidió tomar la palabra.

—Se comportan ustedes como dos estúpidos.

—¿Por qué? —preguntó Lombard.

—¿Olvidan la canción infantil? ¿No se dan cuenta de que contiene una pista? —Recitó recalcando las palabras—: «Cuatro soldaditos se hicieron a la mar. Un arenque rojo se tragó a uno y quedaron: tres».

»¡Un arenque rojo!* —añadió—. Esa es la pista crucial. Armstrong no ha muerto. Se ha llevado el soldadito de porcelana para hacerles creer en su muerte. Usted dirá lo que quiera..., pero yo sostengo que Armstrong aún está en la isla. Su desaparición no es más que una pista falsa para desviar nuestras sospechas.

—Quizá tenga razón —dijo Lombard mientras tomaba asiento.

—Sí, pero... —objetó Blore—, ¿dónde se ha escondido nuestro hombre? Hemos registrado la isla de arriba abajo.

* En inglés, la expresión *red herring*, literalmente «arenque rojo», además de «arenque ahumado» significa «pista falsa». *(N. del t.)*

—También buscamos por todas partes el revólver y no lo encontramos, ¿no es así? —apostilló Vera con ironía—. Sin embargo, el arma no había desaparecido de la isla.

—Hay una gran diferencia de tamaño entre un revólver y un hombre —murmuró Lombard.

—Poco importa —repitió Vera—, estoy segura de que no me equivoco.

—Nuestro hombre se ha traicionado con esa canción, podría haber modificado algo —observó Blore.

—¿No se dan cuenta de que tratamos con un loco? —replicó Vera—. Es una absoluta insensatez cometer crímenes siguiendo las estrofas de una canción infantil. El hecho de disfrazar al juez, matar a Rogers en el momento en que cortaba leña, envenenar a la señora Rogers para que no volviera a despertar, poner una abeja en la sala cuando la señorita Brent estaba muerta. Es como si algún niño horrible estuviera jugando. ¡Todo tiene que concordar!

—Sí, tiene razón —asintió Blore. Tras reflexionar un instante, prosiguió—: En cualquier caso, no hay un zoo en la isla. Tendrá problemas para ajustarse a la estrofa siguiente.

—¿Es que no se dan cuenta? ¡Nosotros somos el zoológico! —gritó Vera—. Anoche nos comportamos como si no fuéramos seres humanos. ¡Nosotros somos el zoológico!

II

Pasaron la mañana en los acantilados. Se turnaban para enviar señales con el espejo hacia tierra firme. Sin embargo, nadie parecía verlas, pues no obtuvieron respuesta. El tiempo era bueno, aunque flotaba una ligera niebla. A sus pies, el mar rugía con olas gigantescas. Tampoco había ninguna embarcación a la vista.

Hicieron un nuevo registro por la isla sin resultado aparente. No encontraron ni rastro del médico.

Vera dirigió la mirada hacia la casa y, con el aliento ligeramente entrecortado, exclamó:

—Aquí, al aire libre, una se siente más segura. A lo mejor deberíamos quedarnos aquí.

—No es mala idea —observó Lombard—. Aquí estamos seguros. Nadie podrá acercarse sin que lo veamos de lejos.

—Quedémonos, pues —concluyó Vera.

—Me parece muy bien —admitió Blore—. Pero tendremos que volver esta noche a dormir.

—La idea me horroriza —dijo la joven, estremeciéndose—. No podría soportar otra noche como la que acabo de pasar.

—Estará a salvo encerrada en su habitación —aseguró Philip.

—Quizá —murmuró Vera. Estiró las manos y añadió—: ¡Es muy agradable volver a sentir el sol!

«¡Qué raro! —pensó—. Estoy casi contenta y, sin embargo, sigue acechándonos el peligro... No sé por qué, pero ya nada parece importarme, al menos no durante el día... Me siento fuerte... e invulnerable frente a la muerte.»

Blore consultó su reloj de pulsera.

—Son las dos. ¿Comemos?

—Yo no pienso volver a la casa —contestó Vera con obstinación—. Me quedo aquí, al aire libre.

—Vamos, no sea así, señorita Claythorne. Hay que mantener las fuerzas.

—Si vuelvo a ver otra lata de lengua en conserva, vomitaré —repuso ella—. No quiero comer nada. Las personas que hacen dieta se pasan días sin probar bocado.

—Pues yo tengo que comer tres veces al día —añadió Blore—. ¿Y usted, Lombard?

—A mí tampoco me vuelve loco la lengua en conserva. Haré compañía a la señorita Claythorne.

Blore no sabía si marcharse o no.

—No tema por mí —dijo Vera—. No creo que me dispare en cuanto usted vuelva la espalda, si es eso lo que le preocupa.

—Si así lo cree... Pero acordamos que no nos separaríamos.

—Es usted quien quiere meterse en la boca del lobo. Lo acompañaré si lo desea —se ofreció amablemente Lombard.

—No, gracias. Quédese aquí.

Philip se echó a reír.

—¿Todavía me tiene miedo? ¿Por qué? Podría matarlos a los dos ahora mismo si quisiera.

—Sí, pero entonces iría en contra del programa —observó Blore—. Ha de ser de uno en uno y de cierta manera.

—Vaya, parece saberlo todo —dijo Philip.

—Claro que es un poco arriesgado ir a la casa solo —añadió Blore.

—¿Pretende que le preste mi revólver? No, amigo mío, eso sería demasiado fácil. No estoy dispuesto a prestárselo —dijo Lombard en voz baja.

Blore se encogió de hombros y comenzó a subir la empinada cuesta que conducía a la casa.

—¡Es la hora de la comida en el zoo! ¡A los animales les gusta comer a horas fijas! —observó Lombard.

—Si es tan peligroso, ¿por qué va? —preguntó Vera inquieta.

—No lo es en el sentido que usted se imagina. Armstrong no tiene armas y, físicamente, Blore es dos veces más fuerte que él y está prevenido. A mi juicio, Armstrong no está en la casa. Yo sé que no está allí.

—¿Entonces?

—Es Blore —aseguró Philip.

—¿De veras cree usted...?

—Escúcheme, querida amiga. Ya ha oído la versión de Blore. Si cree sus palabras, yo soy inocente de la desaparición del doctor. Sus palabras me exoneran de toda culpa, pero no a él. Cuenta haber oído pasos durante la noche y haber visto a un hombre huir por la puerta principal, pero no son más que mentiras. Pudo desembarazarse de Armstrong sin impedimento mucho antes.

—¿Cómo?

Lombard se encogió de hombros.

—Lo desconozco. Pero, créame, solo podemos temer a una persona, y esa persona es... Blore. ¿Qué sabemos de él? Casi nada. Probablemente nunca haya sido policía. Puede ser cualquier cosa: un millonario lunático, un hombre de negocios chiflado, un loco fugado del manicomio. Lo único indiscutible es que él ha podido cometer toda esa serie de crímenes.

Vera palideció.

—¿Y si entretanto... nos ataca? —murmuró.

Lombard le respondió dulcemente, mientras palmeaba el revólver guardado en el bolsillo:

—Ya me encargaré yo de que eso no suceda.

Después contempló a la joven con curiosidad.

—Una confianza conmovedora, Vera. ¿Por qué está tan convencida de que no la mataré?

—Hay que confiar en alguien —respondió ella—. Creo que se equivoca con Blore. Todavía estoy convencida de que el culpable es Armstrong. —De repente se volvió hacia su compañero—. ¿No tiene usted la sensación de que hay alguien más? ¿Alguien que espera y nos vigila?

—Eso son los nervios.

—Entonces ¿también usted ha experimentado esa sensación? —insistió Vera.

Temblorosa, se aproximó más al joven.

—Dígame, ¿no piensa...? —Se interrumpió, pero al cabo de un instante prosiguió—: Una vez leí un libro sobre dos jueces que llegaban a una pequeña ciudad norteamericana, dos jueces del Tribunal Supremo. Ellos impartían justicia. Justicia absoluta. Porque ellos no eran de este mundo.

Lombard enarcó sus espesas cejas y la interrumpió:

—¡No me diga que habían bajado del cielo! No creo en los fenómenos sobrenaturales. Nuestro problema es humano.

—A veces dudo que así sea —respondió Vera en voz baja.

Philip la miró.

—Es el remordimiento que la persigue —declaró. Después de una breve pausa, murmuró—: ¿Así que de verdad ahogó a aquel niño?

—¡No, no! —replicó ella indignada—. ¡No tiene ningún derecho a decir eso!

Lombard se echó a reír.

—¡Oh, sí que lo hizo, pequeña! Ignoro el motivo, pero adivino una presencia masculina en todo ello. ¿La había?

Una repentina lasitud, un completo abatimiento, abrumaron a la joven, que balbuceó en tono monótono:

—Sí, hubo un hombre...

—Gracias, es todo cuanto quería saber.

Vera se puso rígida de pronto.

—¿Qué ha sido eso? —exclamó—. No será un terremoto, ¿verdad?

—No tanto, pero ha sido algo raro, como una sacudida. Diría que... ¿Ha oído usted un grito? Yo sí.

Los dos dirigieron la vista hacia la casa.

—El ruido ha venido de ese lado. Vayamos a ver qué pasa.

—No, yo no voy —dijo ella.

—Como quiera, pero yo sí que voy.

—Está bien. Iré con usted —aceptó Vera a regañadientes.

Subieron la cuesta. La terraza parecía un sitio apacible e inofensivo bajo el sol. Dudaron un instante y después, en lugar de entrar por la puerta principal, rodearon la casa.

Descubrieron a Blore tendido con los brazos en cruz sobre la terraza orientada al este. Tenía la cabeza aplastada con un enorme bloque de mármol blanco.

—¿Quién ocupaba la habitación donde da esa ventana? —preguntó Lombard.

—Yo... —declaró Vera—, y ese es el reloj de mármol que estaba en mi cuarto, sobre la repisa de la chimenea. Lo recuerdo perfectamente. Tenía la forma de un oso.

—Y repitió con voz temblorosa—: ¡Tenía la forma de un oso!

III

Philip la cogió por los hombros.

—Eso lo aclara todo —dijo con la voz enronquecida por la cólera—. Ahora estamos seguros de que el doctor Armstrong se oculta en algún sitio. ¡Esta vez lo atraparé!

Vera lo retuvo.

—¡No sea estúpido! —exclamó—. ¡Ahora vendrá a por nosotros! ¡Somos los siguientes! ¡Quiere que vayamos en su busca! ¡Cuenta con ello!

—Quizá tenga usted razón —aceptó Lombard tras cambiar de opinión.

—En ese caso, admite que yo tenía razón.

—¡Sí, usted gana! Es Armstrong. Pero ¿dónde diablos se esconde? Hemos registrado la isla y la casa palmo a palmo.

—Si no lo encontraron anoche, tampoco va a encontrarlo ahora. Es una cuestión de lógica —le dijo Vera.

—Sí, pero... —admitió Lombard a regañadientes.

—Debió de buscarse un escondrijo con anticipación. Sí, eso fue lo que hizo. Ya sabe, algo como un cuarto secreto para el cura, típico de muchas casas de campo.

—Esta casa no es tan antigua.

—Podría haber ordenado construir uno.

Lombard negó con la cabeza.

—Registramos la casa el primer día. Le aseguro que no hay ningún escondrijo.

—Tiene que haber alguno...

—Pues si lo hay, me gustaría verlo —dijo Lombard.

—A eso me refiero. Le gustaría verlo. Y él lo sabe. Está esperándolo allí dentro.

—No olvide que tengo esto —recordó él, y sacó el revólver del bolsillo.

—Dijo que a Blore no le pasaría nada, que era más fuerte que el doctor y que estaba prevenido. Pero lo que no tiene usted en cuenta es que Armstrong está loco. Y un loco es más peligroso que una persona cuerda. Desarrolla dos veces más astucia y fuerza que nosotros.

Lombard volvió a guardarse el revólver.

—Bueno, vamos.

IV

—¿Qué va a hacer cuando anochezca? —preguntó Philip.

Vera no respondió.

—¿No ha pensado en ello? —prosiguió él con un tono acusador.

—¿Qué podemos hacer? ¡Dios mío, tengo miedo! —exclamó la joven sintiéndose completamente indefensa.

—El tiempo nos acompaña y habrá luna. Hay que buscar un sitio en los acantilados más altos. Nos sentaremos allí a esperar a que amanezca. No debemos dormirnos. Montaremos guardia toda la noche y, si sube alguien, lo mataré. —Tras una pausa, dijo—: Claro que usted tendrá frío con ese vestido tan fino.

—¿Frío? Tendré más frío si muero —contestó Vera con una carcajada estridente.

—Sí. Eso es cierto —susurró Lombard.

Vera se levantó y dio algunos pasos inquieta.

—Voy a volverme loca si me quedo aquí inmóvil. Caminemos un poco.

—Si así lo desea...

Lentamente pasearon por el borde de los acantilados. El sol empezaba a ocultarse y su luz adquiría suaves tonalidades que los envolvían en un manto dorado.

—Lástima que no podamos bañarnos —dijo Vera con una risita nerviosa.

Philip, que mantenía la vista fija en el mar, de repente, gritó:

—¿Qué hay ahí abajo? Mire, cerca de aquella roca grande... No..., un poco más lejos, a la derecha.

Vera escrutó con la mirada el lugar que él indicaba.

—¡Parece la ropa de alguien!

—Un bañista, ¿eh? —Lombard se echó a reír—. ¡Qué extraño! Deben de ser algas marinas.

—Vayamos a comprobarlo —propuso ella.

—Es un montón de ropa —anunció Lombard mientras se aproximaban—. Mire, ahí hay una bota. Venga por aquí.

Gatearon entre las rocas.

Vera se detuvo bruscamente.

—No es ropa... Es un hombre.

El hombre estaba encajado entre dos piedras, donde la marea lo había arrojado algunas horas antes.

Tras un último esfuerzo, Philip y Vera llegaron junto al ahogado y se inclinaron hacia él.

Un rostro descolorido y lívido, unas facciones tumefactas.

—¡Dios mío! ¡Es Armstrong! —exclamó Lombard.

Capítulo 16

I

Había transcurrido una eternidad... El mundo daba vueltas, el tiempo se había detenido, miles de generaciones se sucedían.

No, apenas había transcurrido un minuto. Dos seres humanos de pie observando un cadáver. Despacio, muy despacio, Vera Claythorne y Philip Lombard alzaron la vista y sus miradas se cruzaron...

II

Lombard se echó a reír.

—Y ¿qué dice ahora, Vera?

—No hay nadie en la isla, nadie más..., excepto nosotros dos —respondió ella.

—Precisamente. Ahora sabemos a qué atenernos, ¿no es verdad?

—¿Cómo pudieron hacer el truco del oso de mármol?

Lombard se encogió de hombros.

—Sin duda se trata de un caso de brujería. ¡Y muy bueno!

De nuevo sus ojos se encontraron.

«¿Cómo no se me habrá ocurrido mirarlo con más detenimiento? —pensó Vera—. Parece un lobo, eso es, el rostro de un lobo, con dientes horribles.»

—Este es el final —dijo Lombard con un gruñido peligroso y amenazador—. Ha llegado el momento de la verdad, y este es el final, ¿comprende?

Vera respondió con mucha calma:

—Sí, comprendo.

Miró al mar. El general Macarthur también había contemplado el mar durante mucho rato. ¿Cuándo fue? ¿Ayer, anteayer? Él también había dicho: «Este es el final», con resignación, casi con alegría. Pero Vera se sublevaba ante ese recuerdo. No, ese no sería el final.

Observó el cadáver con detenimiento.

—Pobre doctor Armstrong —dijo.

—¿Qué significa eso? ¿Piedad? —se mofó Lombard.

—¿Por qué no? —replicó ella—. ¿Acaso no siente piedad por nadie?

—Desde luego, no por usted. ¡Ni lo piense!

La joven se inclinó sobre el difunto.

—Hay que llevarlo adentro.

—Con los demás... Así todo estará en orden —sentenció Lombard con ironía—. Yo no pienso tocarlo. Por mí, puede quedarse aquí.

—Lo menos que podemos hacer es apartarlo del alcance de las olas.

Lombard se echó a reír.

—Como guste.

Se inclinó y tironeó del cuerpo. Vera, para ayudarlo, se apoyó en su compañero. Empujó y tiró con todas sus fuerzas.

—¡Cómo pesa! —exclamó Lombard jadeante.

Por fin consiguieron arrastrar el cuerpo hasta un lugar más elevado, fuera del alcance de las olas.

Lombard se enderezó.

—¿Satisfecha?

—Sí, mucho.

La afirmación de Vera parecía una advertencia. Lombard se dio la vuelta. Antes de meter una mano en el bolsillo supo que lo encontraría vacío. Vera se había apartado unos dos metros y sostenía el revólver en la mano.

—¿Conque ese era el objetivo de su piedad femenina? ¿Robarme el arma?

Vera asintió. Sostenía el revólver con mano firme.

Ahora la muerte rondaba muy cerca de Lombard, quien sabía que nunca la había tenido tan cerca. Sin embargo, no se dio por vencido.

—¡Devuélvame el revólver! —le ordenó.

Vera se echó a reír.

—Devuélvamelo —insistió Lombard.

Su cerebro funcionaba a toda máquina. ¿Qué haría? ¿Qué método emplearía? ¿Convencerla de su inocencia? ¿Engatusarla para que se sintiera segura? ¿O se lo quitaría por sorpresa? Toda su vida había escogido el riesgo. Esta vez, también.

Habló en tono suave, convincente:

—Escúcheme, querida amiga, escuche bien...

Y entonces dio un salto. Rápido como una pantera, como un felino.

Instintivamente, Vera apretó el gatillo.

El cuerpo del joven, herido en pleno salto, permaneció inmóvil en el aire durante una fracción de segundo y después cayó pesadamente sobre las rocas.

Sin bajar la guardia, Vera se le acercó con el revólver en la mano.

Una precaución del todo inútil. Philip Lombard había muerto de un disparo en el corazón.

III

Vera se sentía completamente aliviada. Por fin todo había terminado. No tenía que temer nada más. Ya no debía sacar fuerzas de flaqueza. Estaba sola en la isla... ¡Sola con nueve cadáveres!

¡Qué más daba! Ella estaba viva.

Sentada sobre las rocas, disfrutó de una felicidad y una serenidad absolutas...

¡No tenía nada que temer!

IV

Vera decidió ponerse en marcha con la puesta de sol. Había permanecido inmóvil hasta entonces, se había mantenido demasiado ocupada disfrutando de la gloriosa sensación de seguridad.

En esos momentos se dio cuenta de que tenía hambre y sueño. Sobre todo sueño. Deseaba tumbarse en la cama y dormir, dormir, durante horas y horas.

Puede que al día siguiente alguien acudiera a rescatarla. Pero ese asunto ya no la inquietaba. No le importaba quedarse en la isla ahora que sabía que estaba completamente sola.

¡Oh! ¡Cómo saboreaba esa paz tan deseada! Se levantó y dirigió la vista hacia la casa. ¡Ya no había nada que temer! Esa mansión moderna y elegante no le inspiraba terror alguno, a pesar de que unas cuantas horas antes le había producido auténtico pavor.

¡El miedo! ¡Qué cosa tan rara!

Todo había terminado. Había sido capaz de vencer un peligro mortal. Gracias a su ingenio y su sangre fría, logró volver las tornas y acabar con el asesino.

Vera se dirigió hacia la casa.

El sol se ocultaba y, por occidente, el cielo se estriaba en bandas rojas y anaranjadas. Todo en la naturaleza respiraba belleza y paz.

«¡Quizá esto no sea sino un mal sueño!», pensó.

Se sentía muy cansada, terriblemente cansada. Le dolía el cuerpo, se le cerraban los párpados. No volver a temer a nadie, dormir, dormir, dormir.

¡Dormir tranquila sola en la isla! Un soldadito se había quedado solo.

Sonrió para sí.

Entró en la casa por la puerta principal. Todo permanecía en una extraña calma.

«A la gente no le gusta dormir en una casa donde hay un cadáver en cada cuarto», pensó.

¿Iría primero a la cocina a comer algo?

Dudó un instante y después desechó la idea. Estaba agotada. Se detuvo delante de la puerta del comedor. Quedaban aún tres soldaditos de porcelana en el centro de la mesa.

Se echó a reír.

—Me parece que vais con retraso —dijo.

Cogió dos y los arrojó por la ventana. Oyó cómo se rompían contra el suelo de la terraza. Recogió el tercero y lo sostuvo a la altura de los ojos.

—Ven conmigo, pequeño. Hemos ganado la partida. ¡Hemos ganado!

La débil luz del crepúsculo iluminaba el vestíbulo. Subió la escalera con el soldadito en la mano, aunque muy despacio porque, de pronto, las piernas empezaron a pesarle como si fueran de plomo.

«Un soldadito se encontraba solo.» ¿Cómo terminaba la canción? ¡Ah, sí! «Se casó y no quedó ninguno.»

¡Casarse! ¡Qué raro! Volvió a experimentar la sensación de que Hugo se hallaba en la sala... Sí, una sensación muy intensa. Hugo estaba allí, esperándola.

«¡No seas tonta! ¡Estás fatigada! Ves visiones...»

Continuó subiendo muy despacio.

En el descansillo algo cayó de su mano casi sin hacer ruido en la tupida alfombra. No se percató de que había dejado caer el revólver. No pensaba más que en el soldadito de porcelana que todavía sujetaba entre los dedos.

¡Qué silencio reinaba en la casa! Y, sin embargo, no parecía estar vacía...

Hugo la esperaba arriba...

«Un soldadito se encontraba solo.»

¿Qué decía el último verso de la canción? ¿Hablaba de matrimonio, o era otra cosa?

Estaba en el umbral de su dormitorio. Dentro la esperaba Hugo, estaba segura...

Abrió la puerta y soltó una exclamación de sorpresa.

¿Qué colgaba del techo? ¿Una cuerda con un nudo

corredizo? ¿Y una silla para subirse, una silla que caería con un simple puntapié?

Era eso lo que quería Hugo.

¡Claro! El final de la canción era: «Y se ahorcó, y no quedó ¡ninguno!».

El soldadito de porcelana le resbaló de la mano, rodó por el suelo y se rompió al chocar contra el guardafuego.

Vera avanzaba como un autómata. ¡Todo iba a terminar! ¡Ese era el lugar donde una mano húmeda y helada —la mano de Cyril, por supuesto— le había rozado la garganta!

«Puedes nadar hasta las rocas, Cyril...»

¡Así de fácil era cometer un crimen! Aunque después te perseguían los recuerdos.

Subió sobre la silla con los ojos bien abiertos e inmóviles como los de una sonámbula. Se ajustó el nudo corredizo alrededor del cuello.

Hugo aguardaba a que hiciera lo que tenía que hacer.

Tiró la silla de un puntapié.

Epílogo

Sir Thomas Legge, subcomisario de policía de Scotland Yard, exclamó enfadado:

—Pero ¡esa historia es increíble!

—Ya lo sé, señor —respondió con deferencia el inspector Maine.

—¡Diez personas muertas y ni un alma en una isla! ¡Eso es absurdo!

—Sin embargo, ha ocurrido, señor —replicó Maine impasible.

—¡Maldita sea, Maine, alguien debe de haberlas matado!

—Eso es precisamente lo que tenemos que averiguar, señor.

—¿Ninguna pista en el informe que ha enviado el médico forense?

—No, señor. A Wargrave y a Lombard los asesinaron de un tiro. El primero lo recibió en la cabeza y el segundo en el corazón. La señorita Brent y Marston murieron envenenados con cianuro. La señora Rogers murió por una dosis excesiva de cloral. A Rogers le partieron el cráneo con un hacha. A Blore le aplastaron la cabeza. Armstrong murió ahogado. Macarthur sufrió una fractura craneal tras recibir un golpe en la nuca, y Vera Claythorne murió ahorcada.

El subcomisario de policía pestañeó y exclamó:

—¡Mal asunto! —Después de guardar un par de minutos de silencio, añadió—: Y ¿no ha podido obtener información de los habitantes de Sticklehaven? ¡Deben de saber algo!

El inspector Maine se encogió de hombros.

—No son más que pescadores decentes. Lo único que saben es que el propietario de la isla es un tal Owen.

—¿Quién adquiría los víveres y se ocupaba del transporte de los invitados?

—Un tal Morris... Isaac Morris.

—Y ¿qué dice de todo esto?

—No puede decir nada porque también está muerto.

El semblante de sir Legge se ensombreció.

—¿Tenemos alguna información de Morris?

—Sí, señor, la tenemos. No era un tipo de fiar. Estuvo implicado en el asunto Bennito, el fraude de las acciones que se cometió hace tres años. Estamos seguros de ello, aunque no tenemos pruebas. También estuvo involucrado en el tráfico de estupefacientes, aunque tampoco tenemos pruebas. Morris era un hombre extremadamente concienzudo.

—¿Estaba implicado en el asunto de la isla?

—Sí, señor. Él se encargó de suministrar los víveres, aunque lo hizo contratado por un tercero, un cliente anónimo.

—Pero si hojeáramos sus cuentas podríamos descubrir algo.

—Usted no conoció a Morris —dijo el inspector sonriendo—. Falsificaba las cifras mejor que un experto contable y no descubrimos nada. Lo comprobamos en el asunto Bennito. Ocultó las huellas de su patrón con sumo cuidado.

El subcomisario de policía suspiró y Maine prosiguió:

—Morris se encargó de todos los detalles con los proveedores, y se hizo pasar por el representante del señor Owen. Fue él quien explicó a los habitantes del pueblo que se trataba de una prueba, una especie de apuesta sobre la capacidad de vivir en una «isla desierta» durante una semana. También les recomendó que no hicieran ningún caso de las llamadas de socorro que pudieran proceder de la isla del Soldado.

Descontento, el subcomisario de policía se revolvió en su sillón.

—¿Pretende hacerme creer que esas gentes nunca sospecharon nada?

—Olvida usted, señor —respondió Maine encogiéndose de hombros—, que la isla del Soldado había pertenecido con anterioridad al joven Elmer Robson, el millonario norteamericano. Daba unas fiestas extraordinarias. No dudo que, al principio, a los habitantes del pueblo debió de resultarles apasionante, pero acabaron por acostumbrarse y supusieron que todo cuanto acontecía en la isla del Soldado debía de ser excepcional. Si piensa en ello con detenimiento, la actitud de los habitantes del pueblo es muy razonable, señor.

El subcomisario asintió contrariado.

—Fred Narracott —continuó Maine—, el que llevó a los invitados a la isla, me hizo una observación muy significativa. El comportamiento de los invitados del señor

Owen le causó extrañeza. «Nada que ver con los amigos del joven Robson», dijo. Creo que fue por considerarlos personas normales y corrientes por lo que, a pesar de las órdenes de Morris, se dirigió a la isla en cuanto oyó hablar de las señales de socorro.

—¿Cuándo llegaron Narracott y el resto de los hombres en su auxilio?

—Un grupo de *boy scouts* captó las señales el día 11 por la mañana. Debido al mal estado del mar, ese día fue imposible dirigirse a la isla. Desembarcaron en ella el día 12 por la tarde. Están plenamente convencidos de que nadie pudo salir de la isla antes de su llegada. Tras la tormenta hubo una fuerte marejada.

—¿No pudo alguien llegar hasta la costa a nado?

—Hay una milla de la isla a la costa, y las olas rompían con fuerza contra los acantilados. Además, el grupo de *boy scouts* y muchos habitantes del pueblo permanecieron en las rocas observando la isla.

—A propósito —preguntó el subcomisario—, ese disco de vinilo que encontró en la casa, ¿no le ha servido de nada?

—Lo hemos analizado. Lo grabó una empresa especializada en efectos especiales para cine y teatro. Lo enviaron a U. N. Owen por mediación de Isaac Morris; se suponía que el encargo era para un grupo de aficionados que iban a representar por primera vez una pieza teatral. La empresa de efectos especiales devolvió el guion junto con el disco.

—Y ¿qué hay de su contenido?

—Ahora me disponía a explicárselo, señor —contestó el inspector Maine, que carraspeó y prosiguió—: He investigado exhaustivamente a todos los interesados, empezando por el matrimonio Rogers, quienes llegaron los primeros a la isla. Los Rogers estuvieron trabajando a las órdenes de una tal señorita Brady hasta que esta falleció de manera repentina. No he podido sacarle gran cosa al médico que la atendió. Según él, la vieja no murió envenenada, pero sí cree que su muerte pudo deberse a la negligencia de sus criados, aunque añadió que era imposible probar tales acusaciones.

»En cuanto al juez Wargrave, no hay nada que decir de él. Fue quien condenó a muerte a Seton. Sabemos que Seton era culpable sin ningún género de dudas. La prueba más fehaciente la obtuvimos después de que fuera ahorcado. Sin embargo, en su día se habló mucho del proceso: nueve de cada diez personas creían que era inocente y acusaban al juez de encubrir una venganza personal.

»La joven Claythorne, según mis investigaciones, trabajaba como institutriz para una familia en la que un niño murió ahogado. Sin embargo, no parece que ella estuviera implicada en su muerte, ya que, de hecho, se comportó muy bien, se arrojó al mar para rescatarlo y la corriente la arrastró mar adentro; se salvó de milagro.

—Siga, siga —lo apremió el subcomisario con un suspiro.

Maine tomó aire.

—El doctor Armstrong era un médico afamado. Tenía el consultorio en Harley Street. Era una persona íntegra y competente. Me resultó imposible detectar ninguna operación quirúrgica ilegal o algo parecido. Sin embargo, es cierto que, en el año 1925, en Leithmore, operó de peritonitis a una mujer llamada Clees y esta murió en el quirófano. Quizá no tuviera aún mucha experiencia, pero una torpeza no puede calificarse de crimen. Además, no tenía un móvil.

»La señorita Emily Brent tenía a su servicio a una tal Beatrice Taylor. Cuando se enteró de que la criada estaba embarazada, la echó de casa, y la joven desesperada se arrojó al río. El acto de la señorita Brent no puede calificarse de correcto, pero tampoco de crimen.

—Por lo que parece —lo interrumpió sir Legge—, U. N. Owen se ocupó de casos cuyos culpables escaparon de la justicia. Prosiga, por favor.

Maine continuó impávido con el recitado de la lista.

—El joven Marston era un conductor de la peor ralea. Se le retiró en dos ocasiones el carnet de conducir, aunque debería habérsele retirado para siempre. Atropelló a dos niños, John y Lucy Combes, no lejos de Cambridge. Unos amigos suyos declararon a su favor y se salvó pagando una multa.

»En cuanto al general Macarthur, tenía una brillante hoja de servicios y era un militar de conducta ejemplar. Arthur Richmond servía en Francia bajo sus órdenes y cayó muerto en combate. Eran buenos amigos. En esa época se cometieron algunas equivocaciones: oficiales que sacrificaron a muchos de sus hombres inútilmente. Sin duda se trató de un caso parecido.

—Posiblemente —dijo sir Thomas Legge.

—Philip Lombard. Involucrado en muchos escándalos en el extranjero. En un par de ocasiones rozó la frontera de la legalidad. Tenía fama de carecer de escrúpulos. Uno de esos tipos capaces de cometer crímenes en lugares remotos. Y, después, tenemos a Blore. —Maine vaciló—. Uno de los nuestros.

—Blore era un sinvergüenza —lo interrumpió el subcomisario.

—¿Eso cree, señor?

—Por supuesto. Sin embargo, sabía salir bien parado. Estoy convencido de que cometió perjurio en el asunto de Landor. No obstante, no pude obtener ninguna prueba contra él. Encargué a Harris que investigara y no encontró nada anormal. Pero mi opinión es que, si hubiéramos sabido qué buscar, habríamos encontrado algo. No era una persona honrada.

Después de una pausa, sir Legge continuó:

—Y ¿dice usted que Isaac Morris ha muerto? ¿Cuándo fue?

—Esperaba esta pregunta, señor. Morris murió durante la noche del 8 de agosto. Tomó una sobredosis de somníferos, barbitúricos, creo. Desconocemos si su muerte fue accidental o si se quitó la vida.

—¿Quiere usted saber mi opinión? —le preguntó el subcomisario.

—Creo que ya la conozco, señor.

—La muerte de Morris parece haberse producido en un momento demasiado oportuno.

El inspector asintió.

—Esperaba que dijera eso, señor.

Sir Thomas Legge dio un puñetazo en la mesa.

—Toda esta historia es absurda, increíble... Es inadmisible que diez personas mueran asesinadas en una roca en medio del mar... y que ignoremos quién ha cometido el crimen, por qué y cómo —gritó.

Maine carraspeó.

—Permítame contradecirlo en cuanto a lo del móvil, señor —repuso—. Sabemos por qué más o menos. Sin duda el autor de los crímenes es algún demente con una idea muy particular de la justicia. Salió a la búsqueda de personas a las que la justicia ordinaria no pudo castigar. Escogió a diez. Poco importa que fueran culpables o inocentes.

—¿Que no importa? —lo interrumpió sir Thomas—. Me parece...

Guardó silencio durante unos instantes. El inspector Maine esperaba respetuosamente. Legge sacudió la cabeza.

—Continúe. Me ha surgido una idea..., creí estar sobre la pista, pero por desgracia se me ha olvidado. Continúe con lo que me decía.

—Nuestro asesino reunió a diez personas..., digamos condenadas a muerte y ejecutadas por U. N. Owen, quien cumplió su cometido y se evaporó como el humo.

—Un truco de magia prodigioso, Maine —observó Legge—. Pero seguramente tiene otra explicación.

—Usted sabe, señor, que si ese hombre se hubiera encontrado en la isla, no podría haberla abandonado y, siguiendo las notas escritas por los interesados, el señor Owen no puso los pies jamás en la isla del Soldado. Por tanto, solo nos quedaría una solución viable: ¡que Owen fuera uno de los diez!

Sir Thomas hizo un gesto de conformidad.

—Ya pensamos en ello —continuó Maine—. Examinamos la situación. Para empezar, no estamos tan a oscuras sobre lo que pasó en la isla del Soldado. Vera Claythorne escribía un diario, y también Emily Brent. El juez Wargrave dejó algunas notas... muy breves, en su estilo jurídico, pero claras. Blore también ha dejado algo escrito. Las versiones concuerdan. Las muertes se sucedieron en este orden: Marston, la señora Rogers, Macarthur, Rogers, la señorita Brent, Wargrave. Después de la muerte del juez, Vera Claythorne escribió en su diario que Armstrong se fue de la casa por la noche y que Blore y Lombard corrieron en su busca. En el diario de Blore había una nota: «Armstrong ha desaparecido».

»Ahora bien, habida cuenta de todos estos detalles, sería lógico que pudiéramos encontrar una solución satisfactoria. El doctor Armstrong murió ahogado. Suponiendo que Armstrong fuera el asesino, ¿qué le impedía matar a sus nueve compañeros y arrojarse al mar desde lo alto de los acantilados, o que intentara llegar a la costa a nado y muriera en la tentativa?

»Esa solución parecería excelente si no adoleciera de un defecto. Hay que tener en cuenta el testimonio del médico forense. Desembarcó en la isla el 13 de agosto por la mañana. Lo que nos ha contado no nos ha ayudado mucho. Todo lo que ha podido aclararnos es que esas personas estaban muertas hacía unas treinta y seis horas.

»En lo referente al doctor Armstrong, ha afirmado categóricamente que el cadáver había permanecido ocho o diez horas sumergido en el agua antes de precipitarse contra las rocas, que es lo mismo que decir que murió ahogado la noche del 10 al 11, y le explicaré por qué. Hemos descubierto el sitio donde estuvo el cadáver cuando se lo llevaron las olas. Quedó apresado entre dos rocas y hemos recogido muestras de tela y cabellos. La marea alta arrastró el cuerpo el día 11, poco antes del mediodía, hacia las once. Después, la tempestad aminoró y las señales dejadas por la marea alta son muy tenues.

»Podemos suponer que Armstrong se deshizo de los

otros tres antes de tirarse al agua, pero hay algo más: el cadáver del médico fue arrastrado hasta las rocas que se hallan por encima de la franja donde llega la marea alta. Lo encontramos en un lugar inaccesible a las mareas y reposaba estirado sobre las rocas con las ropas intactas, lo que nos demuestra que había un superviviente en la isla después de que Armstrong hubiese muerto.

Tras una pausa, Maine continuó:

—Y ¿eso dónde nos deja? He aquí la situación el día 11 por la mañana: el doctor Armstrong ha desaparecido (ahogado). Nos quedan tres personas: Blore, la señorita Claythorne y Lombard. El cadáver de este último (con un disparo) se halla cerca de las rocas donde yacía Armstrong. A Vera Claythorne la encontramos colgada en su cuarto y a Blore en la terraza con la cabeza destrozada por un reloj de mármol que le arrojaron seguramente desde una ventana.

—¿A quién pertenecía esa ventana? —preguntó con brusquedad el subcomisario.

—A Vera Claythorne. Consideremos cada paso por separado. Primero Lombard. Supongamos que arrojara el reloj de mármol contra Blore, que luego drogara a la joven para ahorcarla, y después se dirigiera hacia el mar y se pegara un tiro.

»Pero en ese caso, ¿quién le cogió el revólver? Lo hemos hallado delante de la puerta de la habitación de Wargrave.

—¿Han encontrado huellas dactilares?

—Sí, señor. Las de Vera Claythorne.

—Pero entonces...

—Adivino lo que quiere decir, señor. Que fue Vera

quien mató a Lombard, se llevó el revólver a la casa, arrojó el reloj de mármol a Blore y después se colgó.

»Esa suposición sería admisible hasta cierto punto. En su habitación, sobre una silla, hemos descubierto los mismos restos de algas que encontramos en sus zapatos, lo que prueba que se subió a la silla, se pasó la cuerda alrededor del cuello y tiró la silla de un puntapié.

»Pero, fíjese, señor. La silla no estaba caída en el suelo, sino como las demás, junto a la pared. Así que alguien la puso en su sitio después de la muerte de Vera Claythorne.

»Queda Blore. Si me dice que, después de haber matado a Lombard e inducido a Vera a colgarse, salió y se hizo caer encima de su cabeza ese bloque de mármol por algún medio, cuerda u otra cosa, me resultaría imposible creerlo. Un hombre no acaba con su vida de esa manera, y menos Blore, que no estaba precisamente sediento de justicia. Lo conocíamos bien y no era el tipo de persona al que usted acusaría de obsesionarse por administrar justicia.

—Estoy de acuerdo con usted —convino sir Thomas Legge.

—En consecuencia, señor, alguien más debía de hallarse en la isla. Alguien que lo puso todo en orden una vez terminado su trabajo. Pero ¿dónde se ocultaba y cómo se marchó? Los habitantes de Sticklehaven están absolutamente seguros de que nadie pudo abandonar la isla antes de que se desplazara hasta allí la lancha de salvamento. Pero en ese caso...

—Pero en ese caso... —repitió Legge.

Maine suspiró, inclinó la cabeza y se echó hacia delante.

—Pero en ese caso, dígame: ¿quién los asesinó?

Documento manuscrito enviado por el capitán del pesquero Emma Jane a Scotland Yard

Desde que era niño soy consciente de que poseo una naturaleza compleja y contradictoria. Para empezar, tenía una imaginación desbocada. Me entusiasmaban las novelas de aventuras y me apasionaban los relatos marinos en los que un mensaje muy importante se introducía en una botella y se arrojaba al mar.

Todavía me entusiasma este procedimiento, y por eso hoy lo he adoptado: hago una confesión por escrito, la guardo en una botella, la sello y la arrojo al mar. Hay una probabilidad contra cien (espero no parecer presuntuoso) de que mi confesión sea hallada y esclarezca un día el misterio de unos asesinatos hasta ahora inexplicables.

Nací con otras peculiaridades además de mis aficiones románticas. Siento un sádico goce al ver morir o al matar con mis propias manos. Realizaba experimentos con avispas y otros insectos en el jardín de mis padres. Desde mi más temprana infancia matar siempre me causó un gran placer.

Por otra parte, sorprendente contradicción, estoy imbuido de un sentido de la justicia muy elevado y me subleva la idea de que un ser inocente pueda sufrir y morir por una acción mía. Siempre he deseado el triunfo de la justicia.

Es comprensible (seguro que un psicólogo lo afirmaría) que, con una mentalidad como la mía, escogiera una profesión como la de la abogacía, que satisfizo todos mis instintos.

Siempre me ha fascinado el castigo que se recibe tras cometer un crimen. Me encanta leer novelas policíacas. He pasado ratos muy divertidos ideando los modos más ingeniosos de perpetrar un asesinato.

Cuando al avanzar en mi carrera llegué a presidir un tribunal, pude desarrollar mi otro instinto secreto. Experimentaba un malsano placer al ver a un miserable criminal sentado en el banquillo de los acusados, atormentado por la certeza de que su fin estaba cerca. No obstante, tengo que confesar que no me complacía ver en el banquillo a un inocente. Al menos en dos ocasiones convencí al jurado para que sobreseyera un caso por falta de pruebas, porque estaba convencido de la inocencia del acusado. Reconozco que, gracias a la habilidad y al celo de la policía, la mayor parte de los acusados eran culpables de los crímenes que se les imputaban.

Ese fue el caso de Edward Seton. Su actitud y sus maneras impresionaron favorablemente al jurado. Pero no solo las pruebas, evidentes aunque poco espectaculares, sino también mi experiencia con criminales, me convencieron sin dudarlo de que aquel hombre había cometido el crimen del que se lo acusaba, el brutal asesinato de una anciana que había confiado en él.

Tengo fama de conducir a la gente al patíbulo sin pesadumbre. Nada más falso. Siempre he sido justo y escrupuloso en las exposiciones finales de un caso.

Lo único que he hecho es proteger al jurado de sus propias emociones, para que no se dejaran convencer por los argumentos emotivos de algunos abogados vehementes. He intentado siempre hacerles ver los hechos.

Desde hace algunos años he experimentado un cambio en mi actitud: deseaba actuar más que juzgar. Quería, permítanme que sea franco, cometer yo mismo un crimen, deseo comparable, quizá, al esfuerzo de un artista por darse a conocer. ¡Era, o podría ser, un artista del crimen! Mi imaginación, alimentada por las exigencias de mi profesión, crecía cada vez más.

Tenía —*tenía*— que cometer un crimen, pero un crimen sensacional, fantástico, fuera de lo común. En este aspecto, todavía conservo, creo, la imaginación de un adolescente.

¡Quería algo teatral, imposible!

Quería matar. Sí, deseaba matar.

Pero, aunque parezca incongruente, mi sentimiento innato de la justicia refrenó mis impulsos. Un inocente no debía sufrir.

Una idea extraordinaria brotó en mi mente a lo largo de una conversación mantenida por casualidad con un médico. Me hizo ver que muchos crímenes escapan de la justicia y quedan impunes. Citaba como ejemplo el caso de una de sus pacientes, una anciana que acababa de morir. Su cliente tenía a su servicio a un matrimonio que la había dejado morir, omitiendo a conciencia darle la medicina prescrita por el médico, y que, además, se benefició de su muerte. Este tipo de actos eran imposibles de probar, pero el médico estaba convencido de su culpabilidad. Añadió que se daban muchos casos similares, casos de homicidios intencionados que escapaban de la ley.

Eso fue el comienzo de todo. De repente vi con toda claridad el camino que debía seguir. Decidí cometer no un solo crimen, sino una serie de asesinatos. Una canción infantil de mi niñez me vino a la memoria: la canción de los diez soldaditos. Apenas tenía dos años y me sorprendió la suerte reservada a esos diez soldaditos, cuyo número disminuía en cada estrofa.

Y me puse, en secreto, a buscar a mis víctimas.

No voy a entretenerme en los detalles. Empleé el mismo tipo de argumento con todas las personas con las que hablé y obtuve unos resultados sorprendentes. En un sanatorio donde permanecí ingresado algún tiempo, la enfermera que me cuidaba, miembro de una sociedad contra el alcoholismo, me contó el caso del doctor Armstrong. Para demostrarme los efectos perniciosos del alcohol, me explicó el caso que aconteció años atrás en un hospital de Londres: un médico alcoholizado había acabado con la vida de la paciente a la que estaba operando. Le pregunté en qué hospital había trabajado y me documenté sobre el homicidio por imprudencia que había cometido el médico.

Una conversación entre dos oficiales retirados, que había escuchado en mi club, me puso sobre la pista del general MacArthur. Un individuo, que acababa de llegar del Amazonas, me reveló las aventuras de Philip Lombard. La historia de la puritana Emily Brent y su desgraciada criada me la contó en Mallorca una compatriota, indignada con la solterona por su corazón de piedra. Escogí a Anthony Marston entre un numeroso grupo de personas que habían cometido delitos similares. Por su insensibilidad y su falta de sentido de responsabilidad ante las vidas que había segado, lo consideré un peligro para la sociedad e indigno de seguir viviendo. En cuanto al exinspector Blore, cayó en mis manos cuando unos colegas discutían con vehemencia sobre el juicio de Landor. Comprendí enseguida la naturaleza de su delito. La policía, en calidad de servidora de la ley, debería ser un modelo de integridad, ya que, en virtud de su profesión, siempre se da crédito a su palabra.

Por último descubrí el caso de Vera Claythorne en una travesía que hice por el Atlántico. A una hora tardía de la noche me encontraba solo en el salón de fumadores con un joven distinguido y de facciones agradables: se llamaba Hugo Hamilton. Parecía triste y, para ahogar sus penas, bebía mucho. Se hallaba en el punto justo de embriaguez que invita a las confidencias. Sin grandes esperanzas de hacer descubrimientos sensacionales, empecé mi acostumbrado interrogatorio.

La respuesta del joven me sorprendió. Recuerdo textualmente sus palabras:

—Tiene usted razón —me dijo—. El crimen no es siempre lo que uno se imagina de ordinario. Para matar a una persona no es necesario administrarle arsénico o empujarla desde lo alto de un acantilado...

Se inclinó hacia mí y me miró fijamente.

—Conocí a una asesina —prosiguió—, la conocí muy bien... porque la quería con locura. Algunas veces aún pienso en ella. Lo más dramático del asunto es que cometió un crimen por mí. Las mujeres son a veces diabólicas. Jamás habría creído que esa joven tan amable y cariñosa, en fin, un ángel, fuera capaz de permitir que un niño nadara hasta mar abierto sabiendo que se ahogaría. Nunca habría pensado usted que una mujer fuera capaz de algo así, ¿verdad?

—¿Está usted seguro de que se trató de un crimen? —le pregunté.

Hugo pareció librarse por un momento de la influencia del alcohol y me dijo:

—Absolutamente seguro. Nadie más que yo lo pensó, pero en el mismo instante en que la miré, leí la verdad en sus ojos. La culpable comprendió que había visto con claridad su alma. No se dio cuenta de que yo adoraba al pequeño.

Hugo se calló, pero me fue fácil reconstruir la tragedia.

Me hacía falta una décima víctima. La encontré. Se trataba de un hombre llamado Morris, que, entre otras cosas, se dedicaba al tráfico de estupefacientes. Sabía que era culpable de haber iniciado en el consumo de drogas a la hija de unos amigos. La joven se suicidó a los veintiún años.

Durante todo ese tiempo, mi plan fue madurando en mi cabeza. Como consecuencia de una entrevista que tuve con un médico de Harley Street, decidí ejecutar mi idea.

Me habían intervenido quirúrgicamente sin resultado alguno y el especialista me comunicó que una segunda intervención sería del todo inútil. El médico no me contó toda la verdad, pero estoy acostumbrado a leer entre líneas.

No mencioné al doctor mi decisión de no permitir que la enfermedad siguiera su curso y prolongara mi agonía. No, mi muerte acaecería en plena actividad. Decidí vivir intensamente hasta la hora fatal.

Y ahora voy a contar cómo cometí los crímenes de la isla del Soldado. Fue muy fácil convertirme en el nuevo propietario de la isla del Soldado, por mediación de Morris, sin ponerme a descubierto. Él era un experto en ese tipo de cosas. Una vez recopilados los datos que precisaba de mis futuras víctimas, tendí el anzuelo apropiado a cada una de ellas y, conforme a mis previsiones, todos desembarcaron el 8 de agosto en la isla del Soldado. En cuanto a mí, fingí ser un invitado más.

La suerte de Morris estaba echada de antemano. Como sufría de indigestión, antes de marcharme de Londres le ofrecí una píldora para que la tomara por las noches al acostarse. Le dije que les sentaría muy bien a sus jugos gástricos. La aceptó sin ninguna desconfianza. Era un hipocondríaco. Lo conocía lo bastante para saber que no dejaría ningún documento comprometedor. No era de esa clase de personas.

Con sumo cuidado preparé el orden de los crímenes entre mis invitados. Como no todos tenían a mi juicio el mismo grado de culpabilidad, primero desaparecerían los menos culpables. De esta forma, los sufrimientos prolongados los reservaría a los más culpables.

Anthony Marston y la señora Rogers fueron los primeros. Él, en el acto, y ella, mientras dormía plácidamente. Sabía que Marston, a diferencia de la mayoría de nosotros, no tenía el menor sentido de la responsabilidad. Era un ser carente de moral. Estaba seguro de que la esposa de Rogers había aceptado tras someterse a la influencia de su marido.

Creo que no es necesario que describa en detalle cómo murieron. La policía ya lo habrá descubierto. En las casas suelen tener cianuro potásico para matar a las avispas. Llevé una pequeña dosis, que puse en el vaso de Marston mientras el disco sonaba en el gramófono. Sería inútil añadir que, mientras tanto, me dediqué a observar a mis invitados. Mi larga experiencia en los tribunales de justicia me permitió afirmar, sin duda alguna, que todos tenían un crimen sobre su conciencia.

A partir de mis últimas crisis, muy dolorosas, el médico me recetó una dosis mínima de cloral para conciliar el sueño. Dejé de tomar ese somnífero y empecé a acumularlo hasta obtener la cantidad suficiente para poder acabar con la vida de una persona.

Cuando Rogers trajo el coñac para su mujer, lo dejó sobre la mesa. En esos momentos, ninguno de los miembros de nuestro grupo había empezado a sospechar y me fue muy fácil verterlo en el vaso al pasar junto a la mesa.

El general MacArthur murió sin dolor. Escogí el momento oportuno para abandonar la terraza y deslizarme sin hacer ruido detrás de él. Como estaba ensimismado en sus pensamientos, no me oyó llegar.

Tal como había previsto, registraron la isla de arriba abajo. Todos convinieron en que no éramos más que siete en la isla, lo que provocó entre ellos un ambiente de sospechas.

Según el plan trazado, debía procurarme un cómplice cuando el grupo empezara a sospechar. Escogí al doctor Armstrong para desempeñar ese papel. Era bastante ingenuo, me conocía de vista y, por mi reputación, sería inconcebible para él que yo fuera un asesino. Todas sus sospechas apuntaban a Lombard y fingí compartir su punto de vista. Le expuse una estratagema con el fin de hacer caer al criminal en la trampa de incriminarse a sí mismo.

Si bien se habían inspeccionado todas las habitaciones, todavía no se había efectuado ningún registro a los invitados, aunque este no tardó mucho en llevarse a cabo.

El 10 de agosto por la mañana maté a Rogers mientras cortaba leña para encender el fuego tras asestarle un golpe por detrás. Rebusqué en sus bolsillos y encontré la llave del comedor que había cerrado por la noche.

Aproveché la confusión suscitada por el hallazgo del cadáver para entrar en el cuarto de Lombard y robarle el revólver. Sabía que tenía uno, pues, según mis instrucciones a Morris, este debía sugerirle que llevara un arma.

En el desayuno, al llenar la taza de la señorita Brent, vertí en ella el cloral que me quedaba. Todos abandonamos el comedor menos ella. Más tarde entré de puntillas. Emily Brent parecía inconsciente y me fue muy fácil inyectarle una dosis de cianuro. Soltar la abeja me pareció pueril, pero me divirtió. Me esforzaba en la medida de mis posibilidades por seguir las estrofas de la canción infantil.

Después de la muerte de la señorita Brent, sugerí que debíamos registrarnos mutuamente, y así se hizo. Yo había ocultado en un lugar seguro el revólver y ya no tenía ni cianuro ni cloral. Propuse al médico poner en práctica nuestro proyecto. Se trataba tan solo de simular mi muerte. Los demás —le dije al médico— debían de creer que yo había sido la siguiente víctima, con el objetivo de lograr que el asesino se alarmara, y para que yo pudiera moverme con plena libertad para espiar al criminal desconocido.

Esa idea entusiasmó a Armstrong y me ayudó a prepararlo. Un emplasto de barro colocado en la frente, la cortina escarlata del cuarto de baño y los ovillos de lana de la señorita Brent eran los accesorios para el atrezo. Nos iluminaríamos con velas y el médico no dejaría que nadie se me acercara.

Todo ocurrió como esperaba. La señorita Claythorne gritó aterrorizada al tocar la cinta de algas que yo había colocado en su habitación. Todos se lanzaron a la escalera y aproveché para adquirir la postura de un juez asesinado. El efecto producido sobrepasó todas mis expectativas. Armstrong desempeñó su papel a la perfección. Me llevaron a mi cuarto y me dejaron en la cama, olvidándose completamente de mí. Estaban demasiado temerosos los unos de los otros.

Había citado al médico fuera de la casa a las dos menos cuarto de la madrugada. Lo llevé a lo alto de los acantilados que hay detrás de la mansión, lejos de las miradas indiscretas, pues las ventanas de las habitaciones daban a la fachada, desde donde veríamos si se acercaba alguien. Él seguía sin sospechar nada, aunque podría haberlo hecho de haber recordado el verso siguiente de la canción: «Un arenque rojo se tragó a uno...». Y él se tragó el anzuelo.

Fue muy fácil. De repente lancé una exclamación e invité al médico a que se acercara al borde para que comprobara que había una cueva más abajo. Sin desconfiar, se inclinó y no tuve más que empujarlo para arrojarlo al mar.

Volví a la casa y Blore oyó mis pisadas. Entré en el cuarto de Armstrong para volver a salir y hacer el suficiente ruido para que todos me oyeran.

Una puerta se abrió y bajé la escalera. Debieron de verme cuando salía. Pasaron uno o dos minutos antes de que los dos hombres fueran en mi busca. Rodeé la casa y entré por la ventana del comedor, que había dejado abierta. Después de cerrarla, rompí el cristal y subí a echarme en mi cama para «hacerme el muerto».

Era fácil prever que de nuevo registrarían la casa para ver si se escondía el médico, pero sin examinar detenidamente los cadáveres. Lo necesario para asegurarse de que Armstrong no les había jugado una mala pasada al cambiarse por una de las víctimas.

Olvidaba decir que puse el revólver en la mesilla de noche de Lombard. Lo tuve escondido en un montón de conservas que había en la despensa. Abrí la lata de debajo, creo que contenía galletas, metí el revólver en ella y volví a sellar la tapa con cinta adhesiva. Pensé, con acierto, que no abrirían todos los botes, ya que las latas de encima estaban precintadas.

La cortina, muy bien doblada, la puse debajo del cuadrante persa que recubría el asiento de una de las sillas del salón, y la lana en el cojín de la butaca después de haberle hecho una abertura.

Por fin llegó el momento que esperaba con más ansiedad: quedaban solo tres personas en la isla, horrorizadas las unas de las otras, y en cualquier momento podía ocurrir lo peor. Una de ellas tenía un revólver.

Los espiaba desde las ventanas de la casa y, cuando vi a Blore acercarse solo, coloqué el bloque de mármol en el borde de la ventana y lo empujé. Así acabé con él.

Vi a Vera Claythorne disparar a Lombard. Estaba seguro de que esa joven audaz era de la talla de Lombard y sabría enfrentarse a él.

Inmediatamente me dispuse a preparar su habitación y aguardé con impaciencia el resultado de mi experimento psicológico. La tensión nerviosa producida por el homicidio que acababa de realizar, la fuerza hipnótica del ambiente y los remordimientos de su falta, ¿serían suficientes para inducirla al suicidio?

No me engañé. Se ahorcó delante de mis propios ojos, pues estaba escondido en la oscuridad del armario y seguí todos sus movimientos.

Y ahora llego al último acto del drama. Salí de mi escondite y quité la silla, la puse junto a la pared, cogí el revólver que la joven había dejado caer en la escalera, con cuidado de no borrar sus huellas digitales...

Ha terminado mi misión, voy a introducir estas páginas en una botella y confiarla al mar. ¿Por qué?

Ambicionaba cometer un crimen misterioso que nadie pudiera resolver. Pero ahora me doy cuenta de que a los artistas no les basta el arte, sino que todos ansían la gloria. También yo, debo confesarlo humildemente, siento el deseo humano de dar a conocer a mis semejantes mi astucia.

Conservo la esperanza de que el misterio de la isla del Soldado continúe sin resolverse. Puede ser que la policía demuestre más inteligencia de la que creo que poseen. Al fin y al cabo tienen tres pistas. Una: la policía sabe perfectamente que Edward Seton era culpable, por tanto también sabe que una de las diez personas de la isla no era un asesino en sentido literal, de lo que se deduce, paradójicamente, que esa persona debe de ser el criminal. La segunda pista está en la séptima estrofa de la canción. La muerte de Armstrong está asociada con un «arenque rojo», que se lo tragó, o mejor dicho, que él se tragó. Es decir, que en un momento determinado se le preparó una trampa en la que Armstrong cayó y que lo llevó a la muerte. Eso podría reconducir las pesquisas por otro lado, ya que en esos momentos solo había cuatro personas, de las cuales yo era la única que podía inspirarle confianza. La tercera pista es simbólica. La marca que dejará en mi frente la bala del revólver representa el signo de Caín.

Me queda poco más que añadir. Después de arrojar la botella al mar, subiré a mi cuarto y me tenderé en la cama. He atado a mis gafas un cordón elástico negro. Apoyaré todo el peso de mi cuerpo en las lentes, que estarán debajo de mí..., y pondré el revólver al otro extremo del cordón, enrollado en el tirador de la puerta.

Pasará lo siguiente: mi mano, protegida por el pañuelo, después de apretar el gatillo, caerá sobre mi cuerpo. El revólver, lanzado por el cordón elástico, retrocederá hasta la puerta y, sacudido por el tirador de la misma, se soltará del cordón elástico y caerá. El cordón elástico suelto colgará inocentemente de las gafas sobre las que descansa mi cuerpo. El pañuelo en el suelo no despertará sospechas.

Me encontrarán tumbado en la cama con una bala en la cabeza, en consonancia con lo que afirman las notas de mis compañeros. Cuando descubran nuestros cadáveres, será imposible determinar la hora de nuestra muerte.

Cuando se calme la marejada vendrán a socorrernos. Encontrarán en la isla del Soldado diez cadáveres y un enigma indescifrable.

Firmado:

LAWRENCE WARGRAVE

Descubre los clásicos de Agatha Christie

Y NO QUEDÓ NINGUNO

ASESINATO EN EL ORIENT EXPRESS

EL ASESINATO DE ROGER ACKROYD

MUERTE EN EL NILO

UN CADÁVER EN LA BIBLIOTECA

LA CASA TORCIDA

CINCO CERDITOS

CITA CON LA MUERTE

EL MISTERIOSO CASO DE STYLES

MUERTE EN LA VICARÍA

SE ANUNCIA UN ASESINATO

EL MISTERIO DE LA GUÍA DE FERROCARRILES

LOS CUATRO GRANDES

MUERTE BAJO EL SOL

TESTIGO DE CARGO

EL CASO DE LOS ANÓNIMOS

INOCENCIA TRÁGICA

PROBLEMA EN POLLENSA

MATAR ES FÁCIL

EL TESTIGO MUDO

EL MISTERIO DE PALE HORSE

EL MISTERIO DEL TREN AZUL

EL TRUCO DE LOS ESPEJOS

TELÓN

UN CRIMEN DORMIDO

¿POR QUÉ NO LE PREGUNTAN A EVANS?

UN PUÑADO DE CENTENO

EL MISTERIOSO SEÑOR BROWN

Su fascinante autobiografía

Y los casos más nuevos de Hércules Poirot
escritos por Sophie Hannah

www.coleccionagathachristie.com